AF202281

Tucholsky Wagner Zola Scott Sydow Freud Schlegel
Turgenev Fonatne
Wallace Walther von der Vogelweide Fouqué Friedrich II. von Preußen
Twain Weber Freiligrath Frey
Fechner Weiße Rose von Fallersleben Kant Ernst Frommel
Fichte Hölderlin Richthofen
Engels Fielding Eichendorff Tacitus Dumas
Fehrs Faber Flaubert Eliasberg Ebner Eschenbach
Feuerbach Maximilian I. von Habsburg Fock Eliot Zweig
Ewald Elisabeth von Österreich Vergil
Goethe London
Mendelssohn Balzac Shakespeare Dostojewski Ganghofer
Lichtenberg Rathenau Doyle Gjellerup
Trackl Stevenson Hambruch
Mommsen Tolstoi Lenz Droste-Hülshoff
Thoma Hanrieder
Dach Verne von Arnim Hägele Hauff Humboldt
Reuter Rousseau Hagen Hauptmann Gautier
Karrillon Garschin Defoe Baudelaire
Damaschke Hebbel
Descartes Hegel Kussmaul Herder
Wolfram von Eschenbach Dickens Schopenhauer Rilke George
Bronner Darwin Melville Grimm Jerome Bebel Proust
Campe Horváth Aristoteles Voltaire Federer Herodot
Bismarck Vigny Barlach Heine
Gengenbach
Storm Casanova Tersteegen Gilm Grillparzer Georgy
Lessing Langbein Gryphius
Chamberlain Lafontaine
Brentano Claudius Schiller Kralik Iffland Sokrates
Strachwitz Bellamy Schilling
Katharina II. von Rußland Gerstäcker Raabe Gibbon Tschechow
Löns Hesse Hoffmann Gogol Wilde Vulpius
Luther Heym Hofmannsthal Klee Hölty Morgenstern Gleim
Roth Heyse Klopstock Kleist Goedicke
Luxemburg Puschkin Homer Mörike
La Roche Horaz Musil
Machiavelli Kierkegaard Kraft Kraus
Navarra Aurel Musset Lamprecht Kind Kirchhoff Hugo Moltke
Nestroy Marie de France Laotse Ipsen Liebknecht
Nietzsche Nansen Ringelnatz
Marx Lassalle Gorki Klett Leibniz
von Ossietzky May vom Stein Lawrence Irving
Petalozzi Knigge
Platon Pückler Michelangelo Kock Kafka
Sachs Poe Liebermann Korolenko
de Sade Praetorius Mistral Zetkin

Der Verlag tredition aus Hamburg veröffentlicht in der Reihe **TREDITION CLASSICS** Werke aus mehr als zwei Jahrtausenden. Diese waren zu einem Großteil vergriffen oder nur noch antiquarisch erhältlich.

Symbolfigur für **TREDITION CLASSICS** ist Johannes Gutenberg (1400 — 1468), der Erfinder des Buchdrucks mit Metalllettern und der Druckerpresse.

Mit der Buchreihe **TREDITION CLASSICS** verfolgt tredition das Ziel, tausende Klassiker der Weltliteratur verschiedener Sprachen wieder als gedruckte Bücher aufzulegen – und das weltweit!

Die Buchreihe dient zur Bewahrung der Literatur und Förderung der Kultur. Sie trägt so dazu bei, dass viele tausend Werke nicht in Vergessenheit geraten.

Ein Präludium Chopins

Lew Tolstoi

Impressum

Autor: Lew Tolstoi
Übersetzung: Wilhelm Thal
Umschlagkonzept: toepferschumann, Berlin

Verlag: tradition GmbH, Hamburg
ISBN: 978-3-8424-1218-7
Printed in Germany

Leo Tolstoi Sohn

Ein Präludium Chopins

Darum wird ein Mann seinen Vater und seine Mutter verlassen, und an seinem Weibe hangen, und sie werden sein Ein Fleisch. (Genesis 2,24. Epistel an die Epheser 5,31. St. Matthäi 15,5.)

I.

Die Gräfin Truboff gab eine Tanzgesellschaft. Es war ein Abschiedsball, den sie ihrer drei erwachsenen Nichten wegen veranstaltet hatte, die am nächsten Tage auf ihre Güter reisten.

Den ganzen Winter über hatte ihre Schwester, die Fürstin Baretzki mit ihren Töchtern in Moskau gelebt, den ganzen Winter über hatte sie diese in die Gesellschaft geführt; sie empfing ihretwegen sogar alle zwei Tage und machte dabei starke Ausgaben, trotzdem hatte sie nicht das gewünschte Resultat erzielt.

Jetzt, da sie kurz vor der Abreise standen, war wohl nichts mehr zu hoffen.

In Moskau hatten sich noch weniger Freier gefunden, als da hinten in ihrer Provinz. Eigentlich gab es wohl einige »richtige« junge Leute mit Namen, Stellung und Vermögen; doch sich ihrer zu bemächtigen, war nicht leicht. Die einen waren leichtfertig, liebten das Vergnügen und dachten sehr wenig an die Ehe; die andern, die wieder zu ernst waren, erschienen wenig in der Gesellschaft. Manchmal stellte sich wohl, wie die Fürstin Baretzki oft bemerkt hatte, ein Freier ein, der Antrag sollte eben gemacht werden, doch plötzlich machte der Bewerber, ohne daß man wußte warum, rechts um kehrt und verschwand. Das waren die Studenten, die in der Moskauer Gesellschaft als Kavaliere dienten.

Von diesen fand man so viel wie man wollte. Sie konnten sowohl tanzen, wie auch einen Ball arrangieren, sie machten den Moskauer Damen den Hof und gaben ihren Herzen Beschäftigung, sie allein brachten Leben in die sogenannte Gesellschaft von Moskau.

Doch waren das Freier? Konnte die Fürstin Baretzki so wenig ernsthafte junge Leute, die die Milch ihrer Amme noch ganz frisch auf den Lippen trugen, die keine Erfahrung, keine Stellung und meistens auch kein Vermögen besaßen, ihren Töchtern zu Männern geben?

Die Gräfin Truboff war mit ihrer Schwester in dieser Frage nicht einer Meinung. Sie hatte ihr mehr als einmal zu verstehen gegeben, daß man die Studenten und im allgemeinen die jungen Leute überhaupt, nicht verachten dürfe; man kann von ihnen eine solidere und aufrichtigere Zuneigung für ihre zukünftigen Frauen erwarten, als von Seiten der Männer, die bereits gelebt und viel gesehen haben, daher dürfte man ihren Annäherungsversuchen an die jungen Mädchen keine Hindernisse entgegenstellen, weil daraus nur Gutes entstehen kann. Zur Unterstützung ihrer Behauptung führte die Gräfin mehrere ihr bekannte Beispiele glücklicher Ehen an, in denen die Gatten noch sehr jung waren, kleine Studenten, denen nach ihrem Lieblingsausdruck kaum die Flügel gewachsen waren. Doch die Prinzessin schenkte den Worten ihrer Schwester nur sehr geringe Aufmerksamkeit. Da die Sorge um die Heirat ihrer Töchter sie seit etwa zehn Jahren beständig quälte, so war sie der Sache überdrüssig, und ihr einziger Traum war es, sie so schnell wie möglich unter die Haube zu bringen; doch dazu stellte sie sich natürlich vollgiltige Freier vor, mit einer besseren Stellung, als der eines Studenten.

Das Ideal des Gatten, den sie für ihre Töchter erträumte, war irgend ein junger Adelsmarschall, wie sie einige kannte, ein junger und reicher Gutsbesitzer oder Bezirkschef; in der Stadt wünschte sie einen für besondere Missionen bestimmten Beamten oder einen Militär, natürlich mit Vermögen. Doch je ungeduldiger sie sich in dieser Hinsicht zeigte, je aufgeregter sie war, je mehr Komplimente sie machte, wo es erforderlich war, sich liebenswürdig und zuvorkommend zeigte, jeden, der nicht der Bräutigam ihrer Träume sein konnte, (was sie übrigens am wenigsten fürchtete), kühl behandelte, um so weniger hatte sie Erfolg und um so grausamer schien das Schicksal ihrer zu spotten, indem es ihr ihre Töchter auf dem Halse ließ.

Ein ausgezeichneter Freier, der Graf Wostitz, ein früherer Militär und sehr reicher Mann, der erste Cavalier von Moskau, hatte sich sterblich in Manjoa, die zweite der kleinen Prinzessinnen verliebt, war dann aber, Gott weiß warum kühler geworden. Die älteste, Anna, die dreiunddreißig Jahre zählte, fast eine Schönheit, eine intelligente Dame, die eine treffliche Gattin abgeben mußte, schien sich mit Schubnisky, einem Junggesellen von dreiundvierzig Jahren mit vollständig kahlem Kopfe sehr gut zu verstehen; doch dieser war plötzlich in sein Dorf abgereist, ohne auch nur Abschied von ihnen zu nehmen. Die Jüngste, Sonitschka, kokettierte immer mit den Studenten, die sie den ganzen Winter hindurch unaufhörlich umschwärmten. Der Adelsmarschall aus dem Distrikt B. machte ihr ebenfalls eifrig den Hof und wäre bereit gewesen, sie zu heiraten. Doch Sonitschka spöttelte beständig über seine große Nase und sagte, er sehe dem Don Quixote ähnlich. Sie fühlte sich mehr zu den jungen, noch bartlosen Studenten hingezogen.

»Ja gewiß, Sonitschka kann noch warten. Es ist noch zu früh, sich ihretwegen Sorgen zu machen; mit ihrer Lebhaftigkeit wird sie schon einen guten Mann zu finden wissen; doch wie ist es mit einem für Manitschka und für Anna!« So dachte die Fürstin Baretzki oft und namentlich jetzt, da sie am Eingange des großen Salons neben der Hausfrau, ihrer Schwester und andern ehrwürdigen Damen von Moskau saß, die einen Halbkreis hinter ihr bildeten. Parfümiert und aufgeputzt, ihren Fächer in der Hand, mit welkem Halse, schamlos dekolletiert, mit falschen Zähnen im Munde und falschen Haaren auf dem Kopfe, bewunderten sie ihre Töchter und ihre Söhne, die in dem prächtigen, glänzend erleuchteten Salon der Gräfin Truboff vor ihnen tanzten. Ihre Männer hatten sich in die abgelegenen Zimmer zurückgezogen, saßen an den Spieltischen und interessierten sich sehr wenig für den Tanz.

Man hatte eben die vierte und letzte Quadrille beendet. Die Soiree war in vollem Gange, es war die letzte der Saison. Am anderen Tage, nach der Abfahrt der Fürstin Baretzki und ihrer Töchter, wird es in der Gesellschaft stiller und ruhiger zugehen. Dann werden die letzten drei Tage der Osterwoche kommen, und die besten Tänzer werden anfangen, sich für ihre Examina vorzubereiten.

Fast alle, die auf dieser Soirée zugegen waren, kannten diese Umstände; daher nutzten auch die meisten die letzte Gelegenheit aus, und überließen sich dem Tanze mit großer Lebhaftigkeit.

»Ah!« murmelte die Fürstin Baretzki bewegt, als sie die hohe Gestalt des Grafen Wostitz bemerkte, der im Augenblick an der Eingangsthür des Salons erschienen war, seinen Claque unter dem Arm und sein goldenes Lorgnon auf der Nase -- »ganz plötzlich ist er gekommen! Wer weiß! Ehen werden im Himmel geschlossen. Manchmal gewinnt man auf den letzten Schlag. Das ist auch ein Roulette. Aber diese Manja! mein Gott, wie dumm, wie unverzeihlich dumm! Sie sagt jetzt, es liege ihr nichts besonderes mehr daran sich zu verheiraten; vor fünf Jahren hätte ihr viel mehr daran gelegen. Er war ganz und gar verliebt, und sie läßt ihn sich aus den Händen entwischen. Nur ein bischen mehr Wärme! Wie er ihr zu Anfang des Winters den Hof machte!«

Der Graf Wostitz durchflog, ein Lächeln auf den Lippen, mit seinen kleinen kurzsichtigen Augen den Saal und begrüßte die Hausfrau.

»Große Runde!« rief der Tanzarangeur mit voller Stimme.

Es war Bjelikoff, ein großer blonder Student, ein Modephilologe mit weißen Rockaufschlägen, doch im Grunde nach dem, was man von ihm erzählte, ein einfacher und ausgezeichneter junger Mann. Er stand bereits in seinem vierten Jahre und besaß Vermögen; daher behandelten ihn die moskowitischen Mamas nicht mit derselben Verachtung wie die anderen Studenten. Wenig trennte ihn von der Stellung eines »wirklichen« Freiers, und man fühlte das wohl an der Würde und Leichtigkeit, mit der er auftrat. Gewöhnlich hören die Studenten in den letzten Semestern fast vollständig auf die Gesellschaft zu besuchen und auf Soireen zu tanzen. Bjelikoff befolgte diese Regel nicht, und man wußte ihm in der Gesellschaft Dank, besonders die Hausfrauen. » *Tournez*!« fuhr er fort. » *Moulinet!* Stringkoff! Stringkoff! was machst du denn, Väterchen? Du irrst dich, Väterchen, die Damen drehen sich noch weiter!« rief er mit gebieterischer und ärgerlicher Stimme. » *Double Chaîne à gauche*! und mehr Zug, mehr Leben, wenn ich bitten darf!«

Seine Stimme entwickelte sich mächtig, ließ, die Rs. nach französischer Manier schnarren, und sein ganzer Körper bewegte sich taktmäßig mit der Musik.

Alle übrigen Tänzer zeigten sonst ebenfalls ziemlichen Eifer. Die Gesichter waren hochrot, der Schweiß floß von den Stirnen, und die Paare erschienen und verschwanden eins nachdem andern.

Nach der Kette ließ Bjelikoff eine so verzwickte Figur ausführen, daß es unmöglich erschien, aus derselben herauszukommen.

Alle Tänzer hatten sich zu einem Haufen vereinigt. Krinkoff, einer der jüngsten Studenten, von kleiner Gestalt, aber stark und untersetzt, mit außerordentlich simplem Gesichtsausdruck, mit fast kindlichem Gesicht, tanzte mit der jüngsten der drei Prinzessinnen;

er fühlte, daß man ihn so stieß, daß er eng an seine Tänzerin gedrückt wurde. Seine Knieen preßten sich an ihre Beine und seine Brust drückte die ihrige. Der Arrangeur machte die möglichsten Anstrengungen, um die Figur zu entwirren. Mit weit aufgerissenen Augen sich den Schweiß vom Gesicht trocknend, zog er seine Tänzerin, die älteste der Prinzessinnen, deren verwelktes Gesicht mit wohlwollender Traurigkeit lächelte, still schweigend hinter sich her.

»Na, wie wird er sich denn da herauswickeln?« sagte Kriukoff zu seiner Tänzerin, der ganz glücklich war, sich so nahe bei ihr zu fühlen und dort so lange wie möglich zu bleiben wünschte. Sie sind müde?«

»Nein,« erwiederte die Prinzessin Sonitschka. Sie war wie Quecksilber, sprang im Takt auf dem Platze hin und her und schaukelte die Hand ihres Tänzers, die sie sanft in die ihre preßte. Ihr kleines, rundes Gesicht strahlte von Glück.

»Werden Sie uns auf dem Lande besuchen?« fuhr sie mit halblauter Stimme fort, ohne ihn anzusehen kaum, die Lippen öffnend. »Kommen Sie sicher. Hören Sie?«

»Ihre Mutter hat mich nicht eingeladen,« sagte Kriukoff so leise, daß die andern es nicht hören konnten. »Ich lade Sie ein und Mama ladet Sie ebenfalls ein; ich werde es ihr sagen.«

»Dank,« versetzte Kriukoff.

Und als er noch immer die Berührung dieses jungen und zarten Körpers spürte, der neben dem seinen zitterte, verlor er vollständig den Kopf. Als er ihr so bewegliches, beständig den Ausdruck wechselndes Gesicht mit seiner Stumpfnase, seinen dunklen und glänzenden Augen betrachtete, dieses Gesicht, das alle häßlich fanden, sah er darin so viel Leben, Jugend und Kraft, daß er die Augen davon nicht abzuwenden vermochte. Er konnte nicht umhin, Sonitschka zu bewundern und beständig an sie zu denken.

Er war in sie verliebt, schon seit vier Monaten verzweifelt verliebt. Er ahnte es seit langer Zeit, seit sie eines Abends nach den Patriarchen-Sümpfen Schlittschuhlaufen gegangen waren. Doch jetzt, da er wußte, daß sie morgen abreiste, daß er sie vielleicht zum letzten Male sah, daß er vielleicht ihre kleine Hand zum letzten Male in der seinen hielt, da fühlte er sich von einem Gefühle der

Wut und Verzweiflung erfaßt, und tiefe Traurigkeit schlich sich in sein Herz. »Warum? aber warum denn?« fragte er sich, und verstand nicht recht, warum sie nicht immer bei ihm bleiben konnte, da sie sich doch liebten, und alle Andern es ganz klar sahen.

»Zum Walzer, wenn's beliebt,« kommandierte der Arrangeur mit leiser Stimme, denn er konnte nicht mehr schreien. Er wollte auf diese Weise die letzte Quadrille entwirren und zu Ende führen. Die Gruppen trennten sich. Der Klavierspieler begann sofort den bekannten Walzer von Waldteufel, der dem Zigeunerliede: »Ich bin so fröhlich bei dir!« entlehnt ist. Kriukoff umfaßte die feine Taille seiner Tänzerin und stürzte mit ihr kopfüber durch den Saal. Ihre kleine Hand stützte sich auf seine Schulter, und ihr heißer Atem streifte sein Gesicht. So tanzte er zwei Walzertouren und führte als letzter, - - als alle schon auf ihren Plätzen saßen -- Sonitschka zu ihrem Stuhl zurück.

»Aus! ich bin müde!« sagte sie, eine Locke zurechtrückend, die ihr auf die Augen fiel, während sie den kleinen Kopf schüttelte.

Er. setzte sich neben sie und sagte: »So reisen Sie also morgen? Und weshalb? Reisen Sie nicht; bleiben Sie!«

»Aber wie?«

Ein leichtes Lächeln huschte über ihr Gesicht, während ihre junge Brust sich unter einem häufigen Atem hob, und ihre Augen einen Blick mitleidiger Traurigkeit auf die seinen warfen.

Er sah in diesem Augenblick, daß sie gern bereit war, ihm ihr ganzes Wesen zu schenken und ihr Leben für die Ewigkeit mit dem seinigen zu vereinigen.

»Sieh' nur deine jüngste Tochter an,« flüsterte die Gräfin Truboff ihrer Schwester in diesem Augenblick zu, »sie lieben sich.«

»Mag sein,« versetzte diese, mit zusammengezogenen Brauen verächtlich lächelnd, »ich bringe sie ja morgen fort. Dieser Fürst Kriukoff, sein Vater, hat ja wohl keinen Pfennig, nicht wahr?«

»Das habe ich gehört« fuhr die Gräfin fort, »doch du bist wirklich unverbesserlich in deinen Ansichten. Siehst du, es ist doch ein ausgezeichneter junger Mann, musikalisch, sehr sympathisch und benimmt sich vortrefflich.«

»Vielleicht -- aber dann um so schlimmer.« »Ich beklage Sonitschka,« sagte die Gräfin gefühlvoll (sie hatte keine Kinder und verstand und kannte infolgedessen die Jugend weit besser als die andern) »alle diese Vorkommnisse lassen stets einen alten Groll zurück.«

»Das wird vorübergehen. Solche Geschichten passieren in dem Alter zwanzig Mal. Und was willst du? Willst du sie verheiraten?« Und die Prinzessin drehte sich um, während sie mit der Hand eine Bewegung machte, als wäre es nicht der Mühe wert gewesen, von solchen Bagatellen zu sprechen! Gewiß war ihr nie der Gedanke gekommen, es könne ernsthaft von einer Ehe zwischen Sonitschka und diesem zwanzigjährigen jungen Mann ohne Vermögen, der in diesem Winter mit ihren Töchtern getanzt und wie die andern Studenten in ihrem Hause verkehrt hatte, die Rede sein.

II.

Bald darauf wurde eine Mazurka gespielt. Kriukoff tanzte sie mit einem Fräulein Radewski, einer großen häßlichen Person. Er beschäftigte sich wenig mit seiner Dame und war sehr zerstreut; auch verließ er Sonitschka, die den Kornet Buchanoff zum Kavalier hatte, nicht mit den Augen.

Dieser Offizier mit seinem kleinen hochgebürsteten schwarzen Schnurrbart und seinem unverschämten Blick mißfiel Kriukoff, der schrecklich eifersüchtig auf ihn war, im höchsten Grade. Er wußte außerdem, daß dieser Buchanoff am vorigen Abend sich mit einer höchst gemischten Gesellschaft Studenten und andern jungen Leuten in die gemeinsten Spelunken begeben und dort die ganze Nacht zugebracht hatte. Sie waren dorthin gegangen, als sie von Bjelikoff kamen, wo sich auch Kriukoff befunden, und wo man sich mit Trinken und Spielen beschäftigt hatte.

Doch Kriukoff selbst rührte die Karten nie an, trank nicht und besuchte namentlich derartige Orte nie. Erstens hatte er dazu kein Geld, und dann hielt er sich auch, selbst wenn er welches gehabt hätte, wenn er zu Kameraden ging, die ihn, wie Bjelikoff, einluden, stets etwas zurück und nahm an ihren Ausschweifungen nicht Teil. Nicht, daß seine Prinzipien ihn vom Wein, den Frauen und dem Spiel fernhielten; aber er empfand nur Ekel vor diesen Arten von Vergnügungen und fürchtete und vermied instinktiv alles, was schlecht war. Seine Kameraden hänselten ihn manchmal seiner Tugend wegen, doch sie bestanden nicht allzu sehr auf seiner Beteiligung, und wenn er sich einmal geweigert hatte einen ihrer Streiche mitzumachen, ließen sie ihn in Ruhe, weil sie wohl wußten, daß sie doch nichts bei ihm durchsetzten.

»Da ist nun dieser Buchanoff,« dachte Kriukoff jetzt mit einer Bosheit und einem Haß, die ihn förmlich erstickten -- »da ist dieser schmutzige kleine Offizier, der sich die ganze Nacht im Schmutz herumgewälzt hat und macht Sonitschka, seiner Sonitschka jetzt den Hof. Er neigte sich zu ihr, atmet dieselbe Luft und betrachtet ihr Gesicht. Woher hat er diese Kühnheit, diese Unverschämtheit?«

Und Kriukoff quälte und verzehrte sich in eifersüchtiger Wut über diesen anscheinend auf seine Schönheit und seine unbesiegliche Macht so eingebildeten Offizier. Er hätte sogleich, im selben Augenblick erzählen mögen, wer dieser Buchanoff war und was sich hinter seinem feinen Schnurrbart und seiner gewölbten Brust verbarg.

Gleichzeitig hatte er bereits ganz deutlich mehrere Male bemerkt, daß die Fürstin Baretzki mit befriedigtem Lächeln nach Sonitschka und ihrem neuen Kavalier herübergesehen hatte.

»Gewiß, was braucht sie denn einen anderen Bräutigam für ihre Tochter? Buchanoff hat alles, Stellung, Vermögen, und sogar äußere Erscheinung.«

Kriukoff war so erregt, daß seine Hände zitterten.

Nach der Mazurka wurde das Souper serviert. Sonitschka saß noch neben Buchanoff, sehr weit entfernt, am andern Ende des Saales. -- Kriukoff verließ sie nicht mit den Augen.

»Was beschäftigt sie denn so sehr an dieser Tafel?« fragte ihn plötzlich Fräulein Radefsky in wohlwollendem Tone. -- »Sie scheinen sich für die junge Prinzessin sehr lebhaft zu interessieren.«

»Gans« wollte ihr Kriukoff antworten, doch er beherrschte sich und sagte:

»Ach nein, ich sehe nur, ob es keinen Salat giebt.«

Endlich ging das Souper zu Ende und ihm folgte sofort der Kotillon, der letzte Tanz des Abends. Die Qual Kriukoffs ging zu Ende. Er tanzte von neuem mit Sonitschka, und als er sie unter den Arm nahm und auf ihren Platz führte, den sie in einer Ecke des Saales einnahmen, fühlte er, daß er neu auflebte.

Doch in den ersten Augenblicken wußte er nicht, was er ihr sagen sollte.

Als sie saß, neigte er sich zu ihr und murmelte:

»Prinzessin, sie wissen nicht, wie ich eben gelitten habe ...« »Weshalb?«

»Warum haben sie diesem Buchanoff die Mazurka zugesagt?«

Sie war sehr überrascht, denn sie erwartete jedenfalls nicht solche Reden und erwiderte ihm lebhaft:

»Ich konnte nicht anders; ich mußte sie ihm zusagen. Er hatte mich vor drei Tagen bei unserm Empfange dazu aufgefordert. Ich bedaure sehr, daß es Ihnen unangenehm ist, doch bitte ich Sie, zürnen Sie mir nicht!«

»Ich zürne Ihnen nicht, doch ich litt so sehr, als ich Sie so nahe bei ihm sah.«

»Warum? Er plaudert viel.«

»Weil ...« Kriukoff zögerte, sagte dann aber schließlich:

»Weil sie rein und gut sind, und es mir nicht gestattet ist, ihnen zu sagen ...«

Er sprach die letzten Worte mit solcher Wärme, daß sie sich unwillkürlich nach ihm umwandte und ihm starr in die Augen sah.

»Und Sie?« fragte sie ihn plötzlich mit ernster und nachdenklicher Miene; »sind Sie wie ich oder wie er?« »Wie Sie!« versetzte Kriukoff, dessen Gesicht sich purpurrot färbte, leise.

Sie sah ihn wieder mit zärtlichem und dankbarem Blicke an, drückte ihm lebhaft die Hand und sagte, sich erhebend, in heiterem Tone: »Gehen wir!«

Das war der Anfang einer allgemeinen Mazurka.

Es war 3 Uhr Morgens, als die Gäste sich entschlossen von der Gräfin Truboff Abschied zu nehmen.

Die jungen Leute näherten sich zuletzt alle zusammen der Frau des Hauses und ihrer Schwester; die drei Prinzessinnen saßen jetzt neben ihnen im Salon, müde und etwas blaß. Der Graf Truboff, ein kleiner alter Herr mit grauen Haaren, saß ebenfalls auf einem Divan und schien sehr befriedigt darüber, daß er den ganzen Abend Whist gespielt hatte.

»Sie gestatten, daß ich Sie morgen zum Bahnhof begleite?« fragte Buchanoff, der vor den andern stand, indem er sich zu der Prinzessin wandte. Hinter ihm kamen der Graf Wostitz, der Adelsmarschall von B..., dann Bjelikoff, Suchodin, der Fürst Palytsim und Kriukoff, diese vier letzteren waren Studenten; nur Krinkoff war nicht im Paradeanzug.

»Wir werden uns sehr freuen,« sagte die Prinzessin -- »und meine Töchter ebenfalls. Der Zug geht um 12 Uhr. Es ist schon alles eingepackt und wir brauchen nur noch abzureisen.«

»Wir werden schrecklich »weinen,« erklärte der Graf Wostitz scherzend, indem er sich den Schweiß von seinem hochroten Gesichte wischte. (Er hatte den Kotillon mit der Prinzessin Marie, unter großer Erregung ihrer Mutter, getanzt).

»Das hängt von Ihnen ab, ob sie »weinen« oder nicht,« sagte die Prinzessin zweideutig. Die jungen Leute küßten nacheinander der Gräfin und der Prinzessin die Hand, verneigten sich vor dem alten Grafen Truboff und den jungen Prinzessinnen und verließen den Salon.

III.

Am nächsten Tage begaben sich alle nach dem Bahnhof, um der Prinzessin Baretzki Lebewohl zu sagen. Sie saß bereits mit ihren Töchtern im Waggon.

Es war fünf Minuten vor zwölf, und der Zug mußte sich sogleich in Bewegung setzen. Der Graf und die Gräfin Truboff, sowie ein alter Onkel des letzteren standen elegant gekleidet auf dem Perron neben dem Fenster, in dem die Prinzessin bereits ihr aufgeschwemmtes Gesicht mit dem dreifachen Kinn zeigte. Sie betrachtete verdutzt die Menge der Freier, die etwas weiter entfernt neben der Plattform standen, auf der sich die drei jungen Prinzessinnen aufhielten.

»Warum nehmen sie sie nicht mit?« sagte der Onkel zu der Fürstin, sich zu ihrem Ohre neigend.

»Fragen sie mich!« erwiederte die Fürstin »Es ist zu dumm.«

»Sie ist zu wählerisch,« versetzte die Gräfin Truboff.

»Ja, meine Liebe, wählerisch,« fuhr die Prinzessin fort, indem sie ihre Schwester in etwas plumper, ihr eigentümlicher Weise kopierte; »du hast gut reden; du brauchst dich nur mit deinem Getreuen zu beschäftigen -- dabei zeigte sie mit den Augen auf den Grafen -- »aber ich habe jetzt von dieser Geschichte übergenug. Und zu welchem Vergnügen, wenn man so fragen darf,« sagte die Prinzessin, jetzt vollends die Stimme senkend, »sind sie eigentlich im ganzen Winter über gekommen?«

»Ich weiß nicht; ich habe keine Erfahrung darin,« sagte die Gräfin Truboff, sich mehr an ihren Onkel wendend; »doch ich finde, man darf die jungen Leute nicht verachten und vor allem nicht eine so kostbare Zeit vergehen lassen. Ich habe es ihr stets gesagt. Sie hat für die beiden älteren schon die günstigste Zeit verstreichen lassen, und bei der jüngsten wird es eben so sein.«

»Das sind Dummheiten.« versetzte die Prinzessin verletzt, »du sprichst nichts als Dummheiten. So werdet ihr also nach Ivanowska kommen? Ich erwarte euch ganz bestimmt dort.«

Dieselbe oder ungefähr dieselbe Phrase ließ sich am andern Ende des Waggons vernehmen.

»So werden sie also kommen? ganz bestimmt, ganz bestimmt,« sagten die drei Prinzessinnen zugleich, indem sie sich an die jungen Leute wandten, unter denen sich alle Kavaliere vom vorigen Abend wiederfanden, ohne den Adelsmarschall von B... mit seiner langen Nase, die ihn dem Don Quixote ähnlich erscheinen ließ, auszunehmen.

»Ich kann im Juli nicht fort von hier,« sagte der Graf Wostitz.

»Und ich nicht im August.« erklärte Buchanoff, obwohl die Prinzessin ihn besonders für diesen Monat eingeladen hatte.

»Und Sie, Iwan Iwanowitsch?« sagte Sonitschka, sich an Kriukoff wendend, der sich zögernd dem Waggon genähert hatte, als er sah, daß sie ihm etwas sagen wollte. Er wollte antworten, er könne nicht kommen, weil die Prinzessin ihn nicht ausdrücklich und persönlich eingeladen, sondern sie alle zusammen aufgefordert hatte; doch er scheute sich, diese Bemerkung mit lauter Stimme vor seinen Kameraden zu machen.

»Und sie, wann werden sie wieder nach Moskau kommen?« sagte er, anstatt zu antworten.

»Ich weiß nicht, Mama hatte die Absicht, ins Ausland zu gehen.«

Dabei nahm Sonitschkas Gesicht einen Ausdruck der Traurigkeit an.

In diesem Augenblick ließ der Zugführer, der mit entschlossener Miene an dem Waggon vorüberging, seinen Pfiff ertönen, dem sofort der der Maschine antwortete.

»Sie versprechen es mir also? Sie werden kommen?« sagte Sonitschka, sich schnell über das Geländer beugend und Kriukoff die Hand reichend: »Auf Wiedersehen; geben sie Acht! ich erwarte sie!«

Er stürzte auf sie zu, drückte ihr so stark die Hand, daß sie fast einen Schmerzensschrei ausgestoßen hatte und verneigte sich schweigend mit entblößtem Haupte. Der Zug setzte sich in Bewegung.

Kriukoff betrachtete Sonitschka, ohne sich zu rühren und diese betrachtete ihn ebenso starr, ohne darauf zu achten, daß ihre Schwestern lächelten, als sie sie angesehen und ohne zu bemerken, daß Buchanoff seinen Kameraden Zeichen machte.

Sie sahen sich so lange an, bis sie sich aus den Augen verloren.

Der Zug war bereits in einer Wegkrümmung verschwunden, als Kriukoff noch immer unbeweglich, seine Mütze in der Hand und die Augen in die Ferne gerichtet, dastand.

»Nun Freund, du denkst nach? Worüber denn?« sprach ihn Buchanoff an und legte ihm seine Hand sich auf die Schulter!

Kriukoff zitterte und kehrte wieder in die Wirklichkeit zurück.

Alle seine Kameraden standen neben ihm und zündeten ihre Cigaretten an. Kriukoff schämte sich seiner Zerstreutheit und begann plötzlich blutrot zu werden. Er setzte seine Mütze auf und sagte: »Im allgemeinen liebe ich die Abfahrten nicht.«

»Und im besondern, wenn ...« sagte Buchanoff.

»Wenn eine treffliche Familie abreist,« unterbrach Kriukoff, ohne ihn den Satz vollenden zu lassen. Dabei dachte er, daß die Baretzkis, und ganz besonders die jungen Prinzessinnen, treffliche Leute waren, in deren Gesellschaft er sein ganzes Leben hätte zubringen mögen.

Als die jungen Leute den Bahnhof verließen, trennten sie sich und nahmen Fiaker, um sich nach verschiedenen Seiten zu entfernen.

Nur Kriukoff, der am andern Ende der Stadt wohnte und ärmer als die andern war, machte sich zu Fuß auf den Weg. Sein Kamerad Suchodin wollte ihn im Wagen bis nach seiner Wohnung bringen, doch Kriukoff lehnte ab; er empfand den Wunsch und das Bedürfnis, zu Fuß zu gehen und allein zu bleiben. Er fühlte, daß etwas sehr Trauriges und Bedeutendes eben in seinem Leben vorgegangen war. Dieses Unglück begriff er allein, und nur er konnte es nach Gebühr verstehen.

Sonitschka war fort, und er würde sie nicht mehr wiedersehen! Sie hatte ihn eingeladen und hoffte, er würde sie auf dem Lande besuchen, doch es war unmöglich, sich auf diese einzige Einladung dorthin zu begeben. Er hatte deutlich begriffen, daß die Fürstin, ihre

Mutter, ihn nicht einzeln persönlich eingeladen hatte, wie Buchanoff und Wostitz, weil sie nicht nähere Bekanntschaft mit ihm zu machen wünschte, weil sie ihn fürchtete. Sonitschka war also für immer abgereist und er würde sie nicht wiedersehen! --

Und doch ...?

Doch hatte sich sein Leben plötzlich verändert, seit er sie kannte, seit er gefühlt, daß sie ihn wohlwollend behandelte, und daß sie vielleicht eines Tages seine Frau werden könnte. Er hatte eine Daseinsberechtigung, ein Ziel, und fühlte, wie sein Eifer und seine Kräfte wuchsen.

Seit er mit Baretzkis Bekanntschaft gemacht, war Kriukoff mutiger, lebhafter, heiterer geworden. Er hatte zu arbeiten angefangen, hörte vollständig auf, an die Frauen zu denken und begnügte sich, von Sonitschka zu träumen.

»Und jetzt?«

Jetzt fand er sich von neuem allein, ganz allein, und tiefe Leere herrschte in seinem Herzen. Von neuem gab es nichts Helles, nichts Heiteres mehr in seinem Leben, keine Hoffnung mehr für die Zukunft.

Doch warum hatte er sie verloren? Warum hatte er sie nicht behalten? Warum hatte er sie nicht geheiratet, da sie doch so vollständig seine Gedanken beschäftigte?

Doch wie sollte Iwan Kriukoff, ein armer Student im vierten Semester, der wie ein Kind im Hause seines Vaters lebte, ein kleines Kämmerchen am Ende eines Ganges bewohnte, wie sollte er eine Fürstin Baretzki heiraten können?

War das möglich? Er hätte sie dann zu sich nehmen und mit ihr in seinem kleinen Stübchen leben müssen? Oder er müßte die Universität verlassen? Oder was? Und was hätte seine Familie gesagt, sein Vater, seine Mutter, seine Schwester? Und Sonitschka selbst? Würde sie wohl eingewilligt haben, ihn gegen den Willen ihrer Mutter, ihrer Schwestern, ihrer Verwandten, der ganzen Welt zu heiraten? Dann mußte er sie mit Gewalt entführen und sich heimlich mit ihr vermählen? Und haben die Studenten denn übrigens das Recht, sich zu verheiraten? Dazu muß man eine Erlaubnis haben, Schritte thun. sich rühren. Wo sollte er dazu die Kräfte hernehmen? Wie und womit beginnen? Nein, nein, wiederholte sich Kriukoff, die Lage ist derart, daß es ihm unmöglich ist, sich zu verheiraten. Er war noch zu jung, er war noch nicht dazu reif.

Wie? nicht reif genug? fragte er sich. Warum ist er noch zu jung, da er sie doch liebt und zwar leidenschaftlich liebt? Nun fühlt er, infolge dieser Luft und dieser Frühlingssonne, infolge dieses Überschusses an Kräften, wie der Atem in der Brust aussetzt, und er weiß und fühlt zugleich, daß nur Sonitschka allein, daß nur ihre Anwesenheit ihn beruhigen und beleben kann. Sollte das nur eine einfache Thorheit sein, die Frucht des Müssigganges und der Phantasie? Kann man leben, ohne an eine Frau zu denken? Vielleicht ist es möglich zu leben, aber wie, warum? Was wird ihm bleiben? Seine Familie, deren sämtliche Mitglieder ihr egoistisches Leben führen, ohne sich um das zu kümmern, was die andern thun; die Universität, die Studien, die Kameraden! Seine Studien sind ihm, mit wenigen Ausnahmen eine Qual; unter seinen Kameraden hat er nicht einen Freund, nicht einen intimen Freund, wie er es gehofft; alle haben verschiedenartige Ideen, Gewohnheiten, haben nichts mit ihm gemein. Die Musik? Ja, gewiß; das ist das einzige, was ihm bleiben wird, was ihm ein bischen Glück bringen wird, ein bischen Freude und ein bischen Trost.

Er wird sich eifrig während des Sommers damit beschäftigen, wenn seine Examina beendet sind. Doch Sonitschka? Muß er sie wirklich vergessen? Kriukoff empfindet bei diesem Gedanken einen grausamen Schmerz.

Er ging mit schnellem Schritte durch die wohlbekannten Straßen, indem er hier und da über Schmutzpfützen zwischen den Trottoirs sprang. Düstere Gedanken wälzten sich stürmisch in seinem Kopfe.

IV.

Als Kriukoff nach Hause kam, schloß er sich in sein Zimmer ein und begann, bis fünf Uhr die langweiligsten Studien der vergleichenden Linguistik zu studieren. Dann speiste er, und als die Seinen vom Tische aufstanden und in den Salon hinübergingen, wo der Spieltisch hergerichtet wurde, setzte er sich ans Klavier. Er schlug auf's Geradewohl ein Heft von Chopin auf und begann, das fünfzehnte Präludium zu spielen, das ihm eben in die Hand gefallen war. Er spielte es mit viel Geschmack und Gefühl.

In diesem Augenblick ging sein Vater mit einem Spiel Karten durch das Eckzimmer.

»Welch' schönes Präludium,« sagte er, »wie einfach und doch gleichzeitig wie kraftvoll. Du spielst es heute vollendet.«

»Ja? gefällt es dir?« fragte Kriukoff.

»Und deine Prinzessinnen sind abgereist?« fragte sein Vater weiter.

»Ja, sie sind abgereist.«

»Und du bist bekümmert darüber? Das ist nicht der Mühe wert, mein Junge, solche Begegnungen hat man vielfach im Leben. Du denkst doch gewiß nicht daran, dich jetzt zu verheiraten?«

Bei diesen Worten verschwand Kriukoffs Vater in dem andern Zimmer.

»Es giebt im Leben viele Begegnungen,« wiederholte Kriukoff; das sagte sein Vater, um ihn in diesem Augenblick zu stützen und zu helfen. Würde er ihn übrigens verstehen?

»Du denkst doch gewiß nicht daran, dich zu verheiraten?« wiederholte er für sich; »gewiß ... wie könnte er darüber auch anders denken?«

Und um sich zu beruhigen, begann Kriukoff kräftig, das folgende Präludium, das sechszehnte, *presto con fuoco* zu spielen, das er auswendig kannte.

Wenn er aufgeregt war, beruhigte ihn nichts so sehr wie die Musik; er legte dann in sein Spiel alles hinein, was er in der Seele trug, ohne sich darum zu kümmern, ob man ihm zuhörte oder nicht; um das letztere kümmerte er sich nur, wenn er spielte, ohne ein wirkliches Bedürfnis zu empfinden.

Er blieb ungefähr eine Stunde am Klavier sitzen. Dann ging er wieder in sein Zimmer, um weiter zu studieren.

Doch die Musik hatte ihn zu sehr aufgeregt, sein Gedächtnis weigerte sich, zu arbeiten. Er beschloß deshalb, einen Spaziergang zu machen.

Er warf einen Blick in den Salon, wo der Whist schon in vollem Gange war, man hörte nur die Worte: Paffe, drei Piques, vier Atouts; seine Schwester nahm auch am Spiele teil. Er ging nun in das Vorzimmer, um seinen Paletot anzuziehen.

Matruschka, das Dienstmädchen, kam sofort aus ihrer Kammer, um ihm zu helfen; sie war ein schönes, von Gesundheit strotzendes Mädchen mit leuchtendem Antlitz und kühnen Bewegungen.

»Man will spazieren gehen,« sagte sie vertraulich, während sie etwas kaute und sich mit der Hand den Mund wischte.

Kriukoff begnügte sich, sie mit unzufriedener Miene anzusehen und ging schnell die Treppe hinunter. Er wandte sich schnell nach rechts, denn er fühlte das Bedürfnis, so viel wie möglich Bewegung zu machen. Es war ungefähr sieben Uhr abends. Es war eine wahre Frühlingsdämmerung mit leichter Kälte und scharfer, reiner Luft.

»Wo soll er hingehen? Zu wem? Wem könnte er alles erzählen, was er auf dem Herzen hat? Wem könnte er sein Leid klagen?«

Kriukoff suchte in seiner Erinnerung jemand, der ihm ganz nahe stand, doch er fand niemand.

Die nächsten, seine Verwandten, verstanden ihn nicht und werden ihn nicht verstehen. Soll er alles seiner Mutter, seiner Schwester erzählen? Wenn sie sich nicht über ihn lustig machen, so werden sie anfangen, ihm die Sache auszureden, sie werden nicht an den Ernst seiner Gedanken, seiner moralischen Lage glauben. Mit seinem Vater sprechen? Er hat ihm eben gezeigt, wie er ihn behandelt. Er ist schlau, er hat seine Lage begriffen, doch niemand wird sich ihm gegenüber in der Praxis so streng, so kalt, so gleichgiltig zeigen.

An Sonitschka schreiben, die vielleicht die einzige ist, die ihn versteht? Sie um Rat fragen? Doch worüber? Ihr sagen, daß er sie liebt und nicht heiraten kann?

Während er aus einer kleinen Straße auf die Boulevards von Moskau biegt, erinnert sich Kriukoff, daß nicht weit entfernt einer seiner Kameraden, namens Komkoff, wohnte.

Er war lange nicht zu ihm gegangen, vielleicht seit drei Monaten, und doch hatte er nie mit jemand so gut, so einfach geplaudert, wie mit ihm.

»Was treibt er?« dachte Kriukoff. »wie steht's mit seinen Angelegenheiten und seiner Gemütsverfassung?«

Mit diesen Worten bog er in die folgende Straße ein, die auf den Boulevard führte.

Komkoff, Student der Medizin im dritten Jahre, war der Sohn eines Gymnasialprofessors, der vor einigen Jahren gestorben war.

Intelligent und tüchtig, erfreute sich Komkoff einer großen Popularität an der Universität, und zu einer bestimmten Zeit, im vorigen Winter, hatte er sich leidenschaftlich mit der Organisation provinzialer Studentenverbindungen beschäftigt. Im ersten Jahre war er in irgend eine Geschichte verwickelt, doch seit einiger Zeit war er ruhiger geworden und arbeitete viel. Im vorigen Frühling war es ihm mit ganz geringen Mitteln gelungen, eine Reise ins Ausland zu machen, von der er ganz begeistert zurückgekehrt war.

»Ist Alexander Iwanowitsch zu Hause?« fragte Kriukoff, als das Dienstmädchen ihm die Thür der kleinen Wohnung öffnete, in der die Familie Komkoff wohnte.

»Er ist hier. Doch er wohnt nicht mehr bei uns,« versetzte das Dienstmädchen. »Er ist verheiratet und wohnt jetzt in dem Häuschen da unten.«

»Wie? seit wann denn?« fragte Kriukoff erstaunt.

»Seit über einen Monat. Er hat Fräulein Puzikoff geheiratet. Kennen sie sie nicht?«

»Nein, ich kenne sie nicht,« versetzte Kriukoff.

»Ihre Eltern betreiben den Handel, doch sie ist ein unterrichtetes und sehr gutes Fräulein. Dort wohnen sie.«

Damit zeigte das Dienstmädchen auf ein kleines graues, einstöckiges, sich bereits neigendes und halb in Trümmer fallendes Gebäude im Hofe, das mehr einer Portierloge als einem Wohnhause ähnlich sah.

Kriukoff wünschte jetzt mehr als je, seinen Kameraden in seiner neuen Lebenslage zu sehen. Er fragte sich, warum er eine größere Wohnung verlassen hatte, wo jetzt nur seine Mutter und sein älterer Bruder wohnten, der auch seit kurzem verheiratet war. Er näherte sich dem Häuschen und zog an einem einfachen Eisendraht, der zu einer kleinen Klingel führte.

Sofort erschien auf der Schwelle eine magere und blasse junge Frau, die sehr einfach in ein einfarbig schwarzes Gewand gekleidet war.

Kriukoff fragte sie, ob Komkoff zu Hause wäre.

»Ach! du bist's!« rief eine starke Stimme, die aus einem Zimmer neben dem schmalen Vorzimmer kam, -- »ich erkenne dich, ich erkenne dich; so lange hast du mich nicht besucht!«

Damit kam ihm Komkoff in seiner Studentenjoppe entgegen. Er war ein junger Mensch von hoher Gestalt, mit breiten Schultern und blonden Lockenhaaren, sein Gesicht hatte sich sehr verändert, seit Kriukoff ihn zum letzten Male gesehen hatte.

»Ich störe dich nicht?« fragte Kriukoff.

»Mich stören? weshalb? Meine Frau, Kriukoff, einer meiner Schulkameraden,« sagte er einfach.

»Ich bin so überrascht, dich verheiratet zu sehen. Das erwartete ich ganz und gar nicht.«

»Ja, ja, Brüderchen, *tempora mutantur et nos cum illis!* Doch du? Man sagt, du seiest in der Gesellschaft gut eingeführt; du bist ein Aristokrat geworden und tanzest alle möglichen Tänze? ist das wahr? und gedenkst du nicht, meinem Beispiel zu folgen?«

»Wie? mich zu verheiraten?«

Damit begann Kriukoff zu lachen, als wollte er damit zeigen, daß er nicht an etwas denken konnte, das mit seiner Lage so wenig im Einklang stand. Doch sein Lachen klang hohl, und Komkoff bemerkte das. »Du thust Unrecht, Bruder,« sagte er in ernstem Tone, »warum denkst du nicht daran? ist es zu früh oder zu schwierig?«

»Eins und das andere,« erwiderte Kriukoff, indem er dem Hausherrn in ein kleines, sehr reinlich gehaltenes Zimmer folgte. Ein kleiner Samowar brodelte auf dem Tische, auf dem auch Brod und Feingebäck stand.

In dem folgenden Zimmer, das von diesem nur durch einen Vorhang getrennt war, bemerkte man durch den Spalt der Tapisserie zwei ganz engzusammenstehende Betten.

»Du bittest den Rektor der Universität um die Erlaubnis, suchst den Priester auf und das ist die ganze Geschichte,« sagte Komkoff, indem er sich auf einen kleinen Divan setzte und anfing, Cigaretten zu rollen, eine Beschäftigung, die er wahrscheinlich eben erst unterbrochen hatte.

»Und das ist alles?« fragte Kriukoff.

»Was brauchst du mehr? Du siehst, wir haben uns eingerichtet und leben vortrefflich. Wir ernähren uns von dem, was Gott uns gegeben hat, und arbeiten, während wir glücklich sind. Mag morgen kommen, was da wolle, doch auf jeden Fall ist das heute so, wie es sein muß.«

»Und warum hast du eure Wohnung verlassen, um hierher zu ziehen?«

»Da haben sie *ihr* Leben,« sagte Komkoff, »mein älterer Bruder ist auch verheiratet, warum einen Mischmasch aus unserer Existenz machen? Nein, es ist besser, daß jeder für sich lebt!«

»Und du bist zufrieden?«

»Durchaus zufrieden!«

»Sie haben es verstanden, ihm zu gefallen,« sagte Kriukoff zu Komkoff's Frau, die ihm ein Glas Thee mit sanftem Lächeln reichte.

In diesem Augenblick dachte er an Sonitschka; er fand, daß dieses Fräulein Putzikoff ihr ähnlich sah, namentlich in den Augen und im Gesichtsausdruck. Doch Sonitschka mußte viel lebhafter sein.

»Sie hat damit nichts zu thun,« sagte Komkoff, auf seine Frau deutend; »jedes andere junge Mädchen hätte mir ebenso gut gefallen! Vorausgesetzt, daß sie gesund gewesen wäre und ein passables Gesicht gehabt hätte, hätte das Schicksal sie nur an Stelle meiner Frau geschickt. Sie sind alle gleich. Ist das nicht deine Ansicht?«

»Und sie fühlen sich davon nicht verletzt?« fragte Kriukoff die junge Frau Komkoff ganz überrascht.

»Ich! Nein! Was sagen Sie da? Weshalb sollte ich mich verletzt fühlen? Das ist doch eine einfache Redensart.«

»Was ich sage, denke ich auch,« sagte Komkoff. »und dabei ist nichts Verletzendes. Meine Frau hat, wie die andern jungen Mädchen, das Gymnasium absolviert, sie liest und spricht französisch ziemlich fertig und spielt Klavier, doch darum handelt es sich nicht. Es handelt sich nicht darum, wie deine Frau sein wird, das ist Glückssache; der eine ist glücklicher, der andere weniger. Es handelt sich um uns, um die befriedigende Lösung der sexuellen Frage, d. h. der Ehe. Erst dann kann sich der Mann beruhigen, erst dann fühlen, daß er an seinem wahren Platze ist, erst dann kann er in der Vollkraft seiner Fähigkeiten leben und handeln, und wahrhaft nützlich sein. Erst von diesem Augenblick an kann er anfangen, moralisch zu wachsen und sich zu entwickeln. -- Meiner Ansicht nach ist der Junggeselle gleichsam ein hungriger Hund, der scheu durchs Leben irrt, mit erschrockener Miene nach jeder Seite stürzt und nichts Gutes in der Welt schafft; oder er ist ein entarteter Affe, der jedes menschliche Gefühl verliert. Da kann er kein Milieu haben; er ist schon kein Mensch mehr, -- er wird ein Waschlappen.«

»Du hast schroffe Ausdrücke,« sagte Kriukoff lachend.

»Es ist die reine Wahrheit.« fuhr Komkoff feurig fort; »wie sollen wir uns von den Tieren unterscheiden -- nehmen wir den Affen -- wenn nicht dadurch, daß wir unsere Natur und ihre Bedürfnisse in vernünftiger, gewissenhafter Weise behandeln? Warum wissen wir, daß wir essen müssen, wenn wir Hunger haben, und weshalb wissen wir nicht, daß wir uns verheiraten müssen, wenn die Zeit dazu gekommen ist? Übrigens erkennen wir das erste dieser Gesetze nicht immer und beobachten uns nicht immer sehr richtig; oft haben Leute Hunger; der Hunger läßt sie verschiedene Dummheiten begehen; sie erregen sich, werden krank und suchen ihre Rettung nicht in der Nahrung, sondern in Medikamenten und Gott weiß, was.«

»Die Heirat ist für uns die erste Hauptsache,« fuhr Komkoff fort; »nicht umsonst sagt man, er hat sich verheiratet, er hat sich verändert. Ich setze noch hinzu: er ist verheiratet, er ist nüchtern geworden; er hat sich verheiratet, er hat die Illusion fortgejagt; er ist verheiratet, er hat Kraft und Ruhe gewonnen! Man sieht die Welt und die Leute mit ganz andern Augen an, die Seele wird ganz anders.«

»Oho!« sagte Kriukoff. »Du hältst mir solche Reden?«

»Man sollte sich schon auf der Schule verheiraten,« rief Komkoff. »Hätte ich das Geheimnis des Lebens, das man so sorgfältig vor uns geheim hält, das man uns in jeder Weise verschleiert, früher gekannt, ich hätte mich gewiß nicht so spät verheiratet.«

»Warum verbirgt man es uns?« fragte Kriukoff, der nicht verstand.

»In jeder Weise, schon in der Kindheit lehrt man uns, die geschlechtlichen Fragen mit Ekel und als etwas Geheimes, Verbotenes zu betrachten. Wenn wir den Fall des ersten Menschen lesen, gewöhnen wir uns daran, das als eine wirkliche Sünde, als etwas Verbotenes zu betrachten, wahrend es in Wirklichkeit nur eine physiologische, von dem menschlichen Organismus untrennbare Notwendigkeit ist, ohne die der Mensch selbst nicht auf Erden wäre und von der auch sein geistiges Gleichgewicht abhängt. Nun, denke doch nur über die Ungeheuerlichkeit nach. Das, was die Quelle unserer Existenz ist, das Gesündeste auf der Welt, was uns Atem, Leben giebt, was unsere heilige und göttliche Seele befruchtet, als Sünde zu betrachten! Und doch denken wir, daß es etwas Schändliches ist, das man verschweigen, das man im Geheimen lösen und bekämpfen muß, während doch nichts auf der Welt eine so freie, so öffentliche Diskussion, sowohl in der Familie, als auch in der Gesellschaft und den Parlamenten verlangt. Nicht umsonst betrachtet man in Indien diese Kraft, die das Leben erzeugt und vor der die Menschen sich überall neigen, als die höchste Gottheit. Nicht umsonst betrachteten die Juristen des alten Rom die Ehe als ein natürliches Recht (*jus naturale*), das von dem fleischlichen Zauber herrührte, der ein Geschlecht zum andern treibt. Nicht umsonst betrachteten die alten Perser das Cölibat als eine Schmach und eine Schande, und die Gesetze des *Zend Avesta* bedrohten es mit den Qualen des andern Lebens. Das begreife ich vollkommen!«

Kriukoff lächelte. Die junge Frau Komkoff lächelte ebenfalls wohlwollend und hörte ihrem Gatten weiter mit so einfacher und natürlicher Miene zu. daß sich Kriukoff bei ihr schon beim ersten Besuch so behaglich fühlte, als wenn er sie sein ganzes Leben lang gekannt hätte.

»Du lächelst,« fuhr Komkoff eifrig fort, »nun wohl, höre! Ich werde dir alles sagen, was sich über diesen Gegenstand in meinem Herzen angesammelt hat, und es giebt wahrhaftig nichts Tragikomischeres. Ich bin der Ansicht, daß man -- sobald für das menschliche Wesen, ob Mann, ob Weib, das Alter der Geschlechtsreife gekommen ist, sobald sich seiner Seele die Fragen aufdrängen, welches die Folgen dieser Reife sind -- sie sogleich in der einen oder andern Weise lösen muß. Und der Mensch, der diese Frage nicht natürlich und regelmäßig, das heißt, durch die Ehe gelöst hat, wird ein unglücklicher, obskurer und unvollkommener Mensch sein, von der von mir angegebenen Zeit bis an das Ende seiner Tage. Jemand hat gesagt (wenn ich mich nicht irre, war es Leskoff), daß man einen Menschen so lange nicht genau kennt, bevor man nicht über die geschlechtliche Seite seiner Existenz unterrichtet ist. Das ist eine große Wahrheit. Es giebt in der That keinen einzigen mehr oder weniger gesunden Junggesellen auf der Welt, vorausgesetzt, daß er nicht Milch, sondern Blut in den Adern hat, der vollständig, absolut vor jedem Gedanken und jeder Empfindung dem Weibe gegenüber geschützt ist, selbst wenn das Alter seine Haare bereits gebleicht hat; dann wäre er ein Heiliger, und solche giebt es wenig.«

»Infolgedessen muß man sich frühzeitig verheiraten«, sagte Kriukoff, »dann wäre alles gut. Doch was für Hindernisse, was für Schwierigkeiten stellen sich dem entgegen? Und die Sorge um die materielle Existenz, die Anschauungen der Familie, die Zukunft? Und kann man sich denn verheiraten, wenn man studiert? Ich glaube, das Resultat wäre dann zweifelhaft ... doch sprich weiter!«

»Gerade das Gegenteil ist der Fall,« unterbrach Komkoff, »erst wenn du verheiratet bist, wirst du anfangen, wirklich zu studieren und wirst sehen, daß du vorher nichts Gutes gethan hast. Man sagt, das weißt du wohl: ich will, nicht studieren -- ich will mich verheiraten. Meiner Ansicht nach darf man darunter nicht verstehen, daß der junge Mann sich verheiraten will, um nicht zu studieren, sondern gerade das Gegenteil, d. h. er will sich verheiraten, um in der Lage zu sein, studieren zu können. Ich werde den Ausspruch also in folgende Form umgestalten: »Ich kann nicht studieren, so lange man mir nicht gestattet, mich zu verheiraten.« Und ich weiß aus eigener Erfahrung, daß ich, seit ich sie geheiratet habe,« -- dabei zeigte er mit den Augen auf seine Frau -- »mich selbst nicht mehr erkenne, wenn es sich ums Lernen handelt. Woher kommt das? Der Geist wird schärfer, das Gedächtnis lebhafter, die Sprache kühner! Meine Mutter behauptete, das alles sei sehr gut, so lange keine Kinder da sind; doch warte nur, sagte sie immer zu mir, bis sie zu schreien, zu laufen anfangen, sich an dich klammern; dann werden wir sehen, wie du darüber urteilen wirst.«

»Dann wird es nur noch besser sein,« fuhr Komkoff in überzeugtem Tone fort, »es werden vielleicht mehr Sorgen vorhanden sein, doch auch die Kräfte werden im zehnfachen Maße wachsen. Das ist das Geheimnis der Ehe, der wahren Ehe natürlich, der ehrenhaften, der geheimen Ehe, von der die Junggesellen auch nicht einmal eine Ahnung haben, das darin besteht, daß der verheiratete Mann sich in wunderbarer Weise entwickelt. Denn trotzdem die Schwierigkeiten im Kampfe ums Dasein wachsen, fühlt er seine Kräfte, seine individuellen Kräfte sich verhundertfachen.«

»Jedermann lebt nicht in denselben Bedingungen,« sagte Kriukoff, »ich bin wahrscheinlich weniger bedeutend, als du, weil es mir gänzlich unmöglich ist, mich zu verheiraten, selbst wenn ich es wollte. Das ist sehr einfach.«

»Wie! Du fürchtest, du würdest nichts zu essen haben?« fragte Komkoff. »Du wirst gezwungen sein, die Universität zu verlassen, dein Diplom zu verlieren? Aber, Freundchen, darin liegt ja eben die Frage. Vor allem muß man auf den Punkt kommen, daß man die absolute Notwendigkeit, sich zu verheiraten, erkennt, mag daraus entstehen, was da wolle. Hat man einmal diese Überzeugung, so ist das übrige gar nichts mehr. Nun, was wird denn geschehen? Du wirst die Universität verlassen, wenn du sie nicht weiter besuchen kannst; du wirst Sekretär, Eisenbahnbeamter, Kassierer werden; du wirst Hunger haben; doch du wirst nicht allein sein; deine Frau wird bei dir sein. Das ist eben das Schwierige, die Kühnheit zu besitzen, mit aller Welt zu brechen, mit allen überkommenen Gebräuchen aufzuräumen und sich selbst seinen Weg zu bahnen. Das ist der einzige Weg, auf dem sich die Rettung findet. Ist es nicht besser, die Universität, mit dem, was sie dir verleiht, zu opfern und die Frische und Kühnheit deiner Seele zu bewahren? Ist es vorzuziehen, sich dem Laster, allen möglichen Unannehmlichkeiten zu weihen, und ein elendes Leben hinzuschleppen. bis man ein Gehalt von fünfzehnhundert Rubeln erzielt und fühlt, daß seine Seele gänzlich erstarrt ist?«

Komkoff war aufgestanden und ging in dem kleinen Raum von ungefähr zwei Metern, der im Zimmer freigelassen war, auf und ab. Er war warm geworden und schüttelte nervös seinen Kopf, um die Haare, die ihm auf seine hohe Stirn sielen, zurückzuwerfen.

»Wenn die Leute sich nur weniger ihren Phantasien überließen,« fuhr er in klagendem Tone fort, »wenn sie sich mehr mit der Arbeit, mit dem Studium befaßten! wenn sie die Fragen des Lebens berücksichtigen, wenn sie sie vor allem einfacher lösen wollten, anstatt sich in Abgründe oder auf Gipfel zu verwirren, wo das Leben nicht existiert! ... Um wieviel glücklicher wäre die Menschheit dann! Um wieviel vernünftiger würde sie dann werden und was für Fortschritte würde sie machen!«

»Niemand wird sich dazu entschließen,« sagte Kriukoff, »und wer würde eine sichere Zukunft gegen die Aussicht eines ungewissen Schicksals, mit der Perspektive, sich mit seiner Frau auf der Straße und ohne einen Pfennig in der Tasche zu sehen, aufs Spiel setzen? Gewiß, wenn man überzeugt sein könnte, daß man von seiner Familie, von den Seinen unterstützt würde ...«

»Darauf wirst du lange warten können,« unterbrach ihn Komkoff heftig. »Erwarte nur von dir selbst Hilfe. Du wirst der Herr sein, wenn du dich nur auf dich verlassen wirst, besonders aber in der Ehe.«

»Gewiß ist es schwer, allein allem Stand zu halten, der Gesellschaft, den Eltern, den Traditionen; doch wie soll man es anders anfangen, wenn kein anderer Ausgang da ist? Ich bin zu der Schlußfolgerung gekommen, daß es niemand giebt, der uns weniger versteht, der weniger mit unserer Lage sympathisiert, als unsere Eltern, weil es keine größeren Egoisten giebt. Das ist traurig und anormal, doch es ist trotzdem so. Ich habe überall in unserer Gesellschaft dieselbe Beobachtung gemacht. Während sie sich unsertwegen Sorge machen und darauf bedacht sein sollten, uns zu Zeiten ein Heim zu gründen, uns in einem gewissen Alter zu verheiraten, wie das bei den Bauern geschieht, lassen uns unsere Eltern, wenn sie uns einmal in die Welt gesetzt haben, volle Freiheit, und beschäftigen sich in größter Seelenruhe mit allen möglichen anderen Dingen, zum Beispiel Whist zu spielen, wie man es bei dir zu Hause thut, wie du mir immer sagtest. Sie fühlen sich dann ruhiger, behaglicher. Und doch sollten sie regelmäßig gezwungen sein, uns und unsere Frauen eine gewisse Zeit zu unterhalten, und uns zu stützen, so lange wir noch nicht stark genug sind und uns noch nicht auf eigenen Füßen halten können. Dann wäre es für jeden leicht, sich in bestimmter Zeit zu verheiraten. Du weißt, ich habe eine alte Mutter, die herzensgut ist; nun, sie ist gegen mich aufgetreten, als ich ihr erklärte, daß ich mich verheiraten will und hat versucht, mich davon abzubringen. Das ist wahrhaftig nicht zu begreifen. Zuerst wollte sie absolut nicht -- »du hast noch Zeit,« sagte sie, »es ist zu früh« -- dann hat sie sich schließlich gefügt. Sie unterstützt uns jetzt sogar, giebt uns diese kleine Wohnung und fünfundzwanzig Rubel monatlich.« »Ach,« sagte Kriukoff. »du siehst, trotz allem kommt man dir zu Hilfe; doch es gibt viele, die nicht in dieser Lage sein würden.«

»Man wird ihnen doch helfen. Alle Menschen sind stets Menschen,« erwiederte Komkoff, »und denkst du, daß ihr Herz nicht weich wird, wenn sie zwei junge Wesen sehen, die sich zu einem heiligen Werke, der Fortpflanzung und Erziehung des Menschengeschlechts vereinigt haben, die gegen Hunger und Entbehrungen ankämpfen? Man darf keine Furcht vor der Zukunft haben; jeder Tag wird sein Brod bringen; man muß die wirklich wichtigen Fragen, die keinen Aufschub dulden, mit kühnem Mute lösen, ohne lange zu zögern!«

V.

»Doch um sich zu verheiraten, ist es notwendig, ein gutes, junges Mädchen zu lieben,« sagte Kriukoff, »ich glaube, diesen Faktor vergißt du vollständig.«

»Lieben?« versetzte Komkoff lächelnd, dabei tief seufzend.

»Du hältst immer erstaunliche Reden. Was heißt denn das »lieben?« Kannst du es mir erklären? Gewiß wirst du nicht ein mißgestaltetes Mädchen oder eine junge Person ohne Nase lieben; das begreift jedermann. Gewiß, wird es vorzuziehen sein, wenn du ein junges Mädchen wählst, das hinsichtlich des Alters, der Gewohnheiten, der Erziehung zu dir paßt. Und das weiß auch Gott.«

»Ich wiederhole es dir, sie sind fast alle äußerlich wie innerlich ungefähr gleich. In diesem Punkte haben niemals Schwierigkeiten. bestanden, und werden niemals welche bestehen. Jeder Mann und jede Frau hat beständig eine Person im Auge, mit der sie sich zu vereinigen wünschen. Das ist die gegenseitige Anziehung der Geschlechter, nichts weiter. Doch warum sie mit dem großen Namen Liebe taufen? Wahrhaftig, es ist Zeit, das alles fallen zu lassen. Glaubst du, daß die Liebe wirklich auf der Welt existiert? Vielleicht für die naiven Leute, in der Einbildung, ja!«

»Nein, meiner Ansicht nach existiert die Liebe trotzdem,« entgegnete Kriukoff schüchtern.

»Sie existiert?« fragte Komkoff.

Er schwieg plötzlich -- und versank in Nachdenken. Dann fuhr er mit gesetzter und ernsthafter Miene fort, indem er Kriukoff starr ansah, dessen Gesicht sich mit tiefem Purpurrot gefärbt, als er seine Ansicht ausgesprochen hatte.

»Nun, was versteht man gewöhnlich unter dem Namen Liebe? Was ist denn eigentlich die stärkste, die unsinnigste Liebe, wie man sagt? Du bist Mann geworden, du hast die geschlechtliche Reife erlangt, und bedarfst einer Frau, die deine Persönlichkeit ergänzt und deine Art fortpflanzt. Du suchst sie und siehst sogleich eine Million in deiner Umgebung. Doch das alles ist von den Männern auf dieser Welt so schlecht eingerichtet, daß es aus tausend verschiedenen Gründen für dich sehr schwer ist, dich mit derjenigen zu vereinigen, die dir aufgefallen ist. Einer der ersten Gründe unter anderen ist der, daß die Frau, die du dir gewählt hast, bekleidet ist.

Nun verliebst du dich also in diese Frau, die Kleider trägt; du quälst dich ihretwegen, so weit es deiner Seele gefällt; manchmal bis zum Wahnsinn; kurz, du bist verliebt, in welchem Grade hängt von dir ab. Gewöhnlich wird deine Liebe um so stärker sein, je mehr Hindernisse dich von deiner Mutter trennen. Räume die Hindernisse fort, so verschwindet die Liebe. Sie wird von der Ehe ersetzt, das heißt, von dem Zusammenwohnen des Mannes und des Weibes, dem Zusammenwohnen, das bestimmt ist, die Rasse fortzupflanzen und sie gegenseitig zu ergänzen.

Und erst wenn dieses Zusammenwohnen beginnt, kann die wahre Liebe beginnen, die Liebe zu deiner Frau, zu der zukünftigen Mutter deiner Kinder, zu dem Freunde und Gefährten deines Lebens. Das ist die Liebe, wie ich sie verstehe, die existieren muß und auch wirklich existiert. Doch die geschlechtliche Liebe, die, von der man so spricht, ist nur von Wüstlingen, von halbkranken Leuten, Körper- und Geistesschwachen geschaffen worden, die man als Leidende behandeln und nicht kopieren sollte. Und wenn du dich mit einem jungen Mädchen verbindest, das du gewählt hast, und die das Schicksal, wie ich sagte, dir zuweist, sobald du Mann geworden bist, so sagst du dir, sagst du der ganzen Welt und diesem jungen Mädchen: »Ich nehme dich zur Frau und verspreche dir, niemals mit einer andern Frau als mit dir zu leben. Ich verspreche dir, für dich und deine zukünftigen Kinder Sorge zu tragen und bitte dich, mir dasselbe Versprechen zu geben.« Das ist die Religion der Ehe, das ist einfach und klar. Und ich glaube, je früher der Mann die Notwendigkeit derselben vom Standpunkte seiner regelmäßigen Beziehungen mit der Welt begreifen wird, desto stärker, gesünder und kräftiger wird er werden. Je reiner wir vor der Ehe geblieben sind, desto glücklicher wird unser Leben sein.«

Komkoff begann aufgeregt zu werden, und seine großen, strengen Augen waren glänzend geworden. Er sprach weiter, denn er fühlte, daß Kriukoff und seine Frau ihm jetzt mit größter Aufmerksamkeit zuhörten.

»Ich begreife nicht, wie unsere Frauen uns noch heiraten, wenn wir schon beschmutzt, besudelt und verdorben sind! Warum fordern sie nicht von uns die Reinheit, die wir von ihnen fordern? Warum willigen sie, die sie frisch und rein sind, ein. sich mit uns zu vereinigen, die wir schon die Hälfte unserer Kräfte und unserer Gesundheit verbraucht haben! Man spricht zu wenig gegen diese plumpe und unbegreifliche Angelegenheit! Sie selbst, diese jungen Mädchen, bestrafen uns zu wenig, fordern zu wenig von uns und werfen uns den Handschuh Björnsons nicht oft genug ins Gesicht!«

»Ja, ich denke auch häufig daran,« sagte Kriukoff.

»Nun, also, also --« fuhr Komkoff fort, »Gott sei Dank, fängt man schon an das einzusehen, doch von einer praktischen Lösung der Frage sind wir noch recht weit entfernt, Und doch stelle ich mir manchmal vor, was wohl geschehen würde, wenn wir alle, wenn die ganze Jugend verheiratet wäre! Wenn nur die ganze studierende Jugend von Moskau sich verheiratete! Denke doch nur ein wenig darüber nach, was sie an Urteilskraft, an Reinheit, an Energie gewinnen würde!«

»Meiner Ansicht nach würde nicht allein die studierende Jugend selbst neu aufleben und sich verjüngen, sondern auch die ganze Menschheit würde mit ihr neue Formen annehmen. Man muß sich vorstellen, daß wir alle, die viertausend Studenten von Moskau, die wir jung, gesund und nach der überkommenen Phrase die Zukunft unserer Zeit sind, mit nur seltenen Ausnahmen dahinleben, ohne die geschlechtliche Frage vollkommen gelöst zu haben, sondern gerade im Gegenteil auf die schlechteste Weise lösen. Wir verkehren in den öffentlichen Häusern, wir haben unsere Nerven, wir überlassen uns der Ausschweifung, der Trunksucht, dem Spleen, den Karten, wir erfinden sogar Instrumente, um die Karten zu schlagen, wir selbstmorden uns schließlich, werden krank, quälen uns, oft einzig und allein infolge der Langeweile und des beständigen Bedürfnisses, dessen Quelle in der sexuellen Seite unserer Existenz liegt, die wir vernachlässigen oder verkehrt auffaßten.

»Ich bin der Meinung, daß alle diese Studentengeschichten, diese Unordnungen, diese verschiedenartige Begeisterung, die bei der geringsten Berührung mit dem Leben sich in Rauch auflösen, wenigstens für die Hälfte verschwinden würde, wenn diejenigen, die augenblicklich die Urheber derselben sind, verheiratet und infolgedessen nüchtern und fleißig wären. Weshalb erhält sich unser Volk seine Kräfte, seine Gesundheit und seine Moralität, einfach nur durch die Thatsache, daß man sich dort so jung verheiratet! Ich bin überzeugt, es wäre in unserer Gesellschaft ebenso, wenn sie die Bedeutung und Wichtigkeit der: »in der Jugend vollzogenen Ehe« erkennen wollte! Unsere Nachkommen werden nicht begreifen können, warum wir uns quälen, warum wir die besten Jahre unserer Existenz damit vergifteten, daß wir uns in der Unthätigkeit Kummer und Sorge machten, während es doch so ein so einfaches Mittel gegen dieses Übel gab. Wie soll man sich nun alle diese Qualen, alle diese Unannehmlichkeiten, diese beständige Unzufriedenheit, dieses Verlangen nach unbekannten und ähnlichen Dingen erklären, die die jungen Leute in einem bestimmten Zeitpunkte ihres Lebens quälen? Ist es nicht einfach das materiellste Gesetz der materiellen Gesetze der menschlichen Natur? Und doch will man es um keinen Preis der Welt verstehen. Man erfindet allerlei Bezeichnungen, Schriftsteller bauen darauf die verwickeltsten, die idealsten Romane auf, um die allzu naive Menschheit zu mystifizieren -- während es doch weit einfacher wäre, sich auf unsere Mutter Natur zu verlassen; man würde sehen, was in der Tierwelt und in der Welt des Volkes passiert, das sich mehr als wir der Wahrheit nähert, weil es sie weniger zu verdunkeln oder zu verwirren sucht.«

VI.

»Und es giebt Männer,« sagte Komkoff, immer lebhafter werdend und beständig die Haare, die ihm immerfort über die Stirne fielen, zurückwerfend -- »es giebt Männer mit mächtiger Intelligenz, die uns überzeugen wollen, die Ehe sei eine Gemeinheit und das Cölibat müsse unser Ideal sein!«

Komkoffs Stimme brach plötzlich ab, als hätte er nicht mehr die Kraft weiter zu sprechen.

»Das Ideal und das Ziel unseres Lebens müssen der Tod sein,« sprach er mühsam, als hätte er eben eine allzu starke Erregung niedergezwungen.

»Wißt ihr, ich kann das nicht begreifen; mein armer Kopf verschließt sich gegen eine solche Weisheit« rief er plötzlich mit solcher Heftigkeit, daß Kriukoff und Frau Komkoff aufsprangen und ihn verwundert betrachteten.

Er schwieg einen Augenblick, blieb auf der Stelle stehen und nahm dann seinen Gang durch den kleinen leeren Raum wieder auf.

»Unser Ideal muß die Vernichtung sein,« fuhr er mit dumpfer zorniger Stimme fort, »die Zerstörung des menschlichen Geschlechts, was auch stets die Ansicht aller intelligenten Leute wie der Buddhas, der Schopenhauers, der Hartmanns, wie wir gewesen ist!«

Und was soll geschehen, wenn das Menschengeschlecht zu existieren aufhört? denn dahin zielt das doch! Alles hört in der Welt auf; es giebt nichts -- weder zweifelhaftes, noch neues! Weshalb uns deswegen beunruhigen? Es würde dem Gewissen zuwiderlaufen, das Ende des Menschengeschlechts zu fürchten, wenn es sich nicht um unser Vergnügen, sondern um unsere Reinheit handelt.

Das Ziel unseres Lebens muß das Streben nach der idealen Reinheit sein. Wenn die Menschen das erreicht haben, werden sie die Schwerter in Sensen wandeln, werden sich wie Brüder umschlungen halten und sterben. Dann wird das Reich Gottes auf Erden beginnen.« »Doch für wen soll dann das Reich Gottes beginnen, das möchte ich mir zu fragen gestatten?« sagte Komkoff mit ironischem Lächeln; -- »wozu Anstrengungen machen, wozu uns quälen, um diese ideale Reinheit zu erreichen, wenn wir anstatt jeder Belohnung nur den Tod finden? Wer wird denn ein solches Vergnügen suchen, welcher vernünftige Mensch wird sich an eine Philosophie anschließen, die uns rät, nach dem Unmöglichen zu streben?«

»Und doch schließen sich viele an sie an; es schließen sich sogar sehr viele an sie an.« fügte er traurig hinzu, einen sanfteren und ernsteren Ton anschlagend. »Unglücklicherweise können die Menschen nicht durch sich selbst und mit richtigem Verstande handeln und denken; in den meisten Fällen bitten sie andere um Rat und Hilfe; unglücklicherweise giebt es eigentlich auf der Welt nur willenlose Leute oder Dummköpfe. Und diese schwachen und naiven Männer werden umkommen, weil sie sich mit allzu erhabenen Theorien befaßt haben!

»Doch warum werden sie umkommen?« fragte Kriukoff; »ich denke im Gegenteil, daß die Novelle, auf die du anspielst, der Menschheit viel Gutes gethan hat.«

»Vielleicht, doch sie hat ihr noch mehr Schaden, Leiden und Unglück verursacht,« rief Komkoff heftig, »das weiß ich aus zahlreichen Beispielen.«

»Aber wieso denn?« sagte Kriukoff erstaunt.

»Weil Leute, nachdem sie diese Novelle gelesen, sich nicht oder doch nicht zur richtigen Zeit verheiratet haben, weil sie rein und vollkommen sein wollten,« versetzte Komkoff ironisch; »weil sie Mensch sein wollen und das Cölibat predigen, während sie sich selbst fast immer während dieser Zeit heimlich der Ausschweifung überlassen und sich geistig in hundertmal schlimmerer Weise, als die wütendsten Lebemänner aufregen; weil sie zur Krankheit, ins Irrenhaus, zum Tode gelangen, wenn sie das fleischliche Leben und seine Forderungen wirklich in sich ertöten wollen; weil sie vergeblich die Kraft, die Jugend, das Leben, alle Güter, die ihnen von Gott gegeben sind, vernichten, und das alles auf Grund einer blöden Idee.

Welche andere Folgerung kann aus diesem Sermon gezogen werden? Von welchem andern Gesichtspunkte aus kann man ihn betrachten? Wenn man seinen Vorschriften folgt, wenn man daran glaubt, so muß man umkommen; wenn man die Quintessenz desselben begreift und sofort die Folgen bemerkt, so kann man sich nur wie von etwas Unverständlichem, mit dem Leben unverträglichem und infolgedessen absolut Unnützem davon abwenden.

Man kann in der That nicht einer Lehre völlig zustimmen, die augenscheinlich falsch ist. Man kann nicht zu einem nach Leben dürstenden, vor Leidenschaften und Wünschen brennenden jungen Manne sagen, daß alle diese Leidenschaften, die er empfindet, unberechtigt sind, und daß er sich anschicken muß, sie zu zerstören. Das wäre unrecht; es wäre verbrecherisch, so zu handeln. Kann man einem Manne, der Hunger hat oder der von Durst gequält wird, raten, zu warten, bis dieser Hunger und dieser Durst von selber vergehen? oder kann man ihm raten, sie zu bekämpfen, ohne sie zu befriedigen?

Das ist eine Sünde, weil es eine Art Mord ist! Gewiß werden der Hunger und Durst vergehen, wenn man sich lebendig in die Erde einmauert, wie das auf den Pachthöfen von Ternoff der Fall gewesen ist. Dann aber ist es besser, wie die Fanatiker zu handeln; die Sache ist viel verständlicher. Die Sekte der »Einmaurer« hat die Frage einfacher und sicherer gelöst, denn sie hat ein Mittel gefunden, gegen die Gelüste des Fleisches anzukämpfen.

»Doch wenn wir unterrichtete Leute sind,« fuhr Komkoff mit tiefer Überzeugung fort, »so sollen wir intelligent und verständig denken und nicht unsinnige Fanatiker werden! Wenn wir die Naturgesetze studieren, so geschieht das, um zu erfahren, daß das Leben nicht aufhört, wie es Buddha, Schopenhauer, Hartmann predigen, sondern, daß es ewig ist, ebenso wie der Stoff ewig ist, ebenso wie das Sonnenlicht und die ganze Welt in Vergangenheit und Zukunft ewig sind!

Wir sind Lebende und werden infolgedessen nicht dem Tode, sondern der Geburt huldigen. Nicht das kalte und sterbliche Cölibat werden wir begrüßen, sondern die reine Ehe, die recht mäßige Ehe. Man kann sagen, daß wir nicht keusch sind, daß wir uns in unsern Betrachtungen über die sexuellen Fragen täuschen, daß wir nur Wüstlinge sind; das kann und darf man sagen; doch zu behaupten, die Ehe sei eine Gemeinheit, dieses hohe, göttliche Gesetz sei eine

Gemeinheit, die man zerstören muß, um gleichzeitig die ganze Menschheit zu zerstören; das kann man nicht und darf man nicht. Man kann es nicht, weil -- das wiederhole ich euch -- nur durch die Ehe, -- durch die Ehe allein die sexuelle Frage regelrecht gelöst werden kann. Und es handelt sich hier nicht um die Polygamie für den einen oder den andern der Gatten, oder um freie Liebe, sondern -- das versteht sich von selbst -- um die aufrichtig und in voller Kenntnis der Sache abgeschlossene Ehe zu zweien. Ich habe lange Zeit gebraucht, bevor ich es verstanden, und habe, von unserer russischen Schwäche für die Diskussionen hingerissen viel darüber diskutiert; doch Gott sei Dank hat das Schicksal es gewollt, daß ich mich aufklären und unterrichten konnte. Wie ihr wißt, bin ich im vorigen Jahr ins Ausland gegangen.« Komkoff schwieg einen Augenblick, zündete sich eine Cigarette an und nahm wieder seinen früheren Platz auf dem Divan ein. Er schien jetzt alles gesagt zu haben, was ihn noch quälte, und der Ausdruck seines Gesichts und seiner Augen wurde wieder ruhiger.

»So hat mich denn dieser Occident, dieser verfaulte Occident« -- fuhr er, den Kopf zurückwerfend und die Beine ausstreckend, fort, »diesem russischen Übel entrissen, das meinen Kopf beschwerte; dieser Occident hat mich die wahre Stimme der Vernunft hören lassen. Hundert in Rußland verlebte Jahre hätten mich nicht das gelehrt, was ich in einem Monat im Ausland gelernt habe. Das erste, wovon ich überzeugt worden bin, war, daß man nicht streiten, sondern handeln muß. Das scheint eine sehr einfache Wahrheit zu sein, doch bis jetzt ist sie bei uns unverstanden geblieben. Ich habe gesehen, daß man nicht mit ärmlichen und naiven Diskussionen, die alle Welt nur allzu oft gehört hat und die einen nur langweilen und einem das Leben schwer machen, vorwärts kommen und an der Fortschrittsbewegung der andern mitwirken kann, sondern nur vermittelst einer beständigen, fortdauernden und vernünftigen Handlung. Die Handlung allein ist fruchttragend. Ich habe gesehen, daß diese Wahrheit im Occident den Menschen schon in Fleisch und Blut eingedrungen war, daß sie die Religion aller war, daß sie durch sie lebten und sich mit ihr begnügten.

Kein Studium, keine Rede hätten mich mehr gelehrt, als was ich aus dem lebenden Beispiel des Auslandes ersehen habe. Es hat mich ernüchtert. Um mich noch mehr zu ernüchtern, um mich noch mehr dem Leben zu nähern und es besser zu verstehen, um mich zu vervollkommnen und wahrhaft ein Mann zu werden, habe ich mich, wie du siehst, sobald ich nach Rußland zurückgekehrt bin, verheiratet.«

»Das sehe ich,« sagte Kriukoff lächelnd.

»Ja, aber du würdest es nicht sehen, wenn ich nicht im Ausland gewesen wäre! Gott weiß, zu welchen unbekannten Höhen ich mich noch aufgeschwungen hätte! Bei uns denkt jeder nur daran, einen Gegenstand zu entdecken und zu ergründen, der noch von niemandem behandelt worden ist. In unseren weiten Horizonten erfreut sich der Mystizismus in allen Formen und unter allen Gesichtspunkten noch einer großen Freiheit. Nicht umsonst betrachtet man uns als Kinder, die nach Art der Kinder denken und leben.

Wir wollen Gleichheit und Brüderlichkeit auf Erden erlangen, und um dies zu erreichen, erfinden wir ein Verfahren, das unfehlbar, verhängnisvoller Weise zum Tode führt. Wir wollen vollkommen werden, das ist wunderbar; doch warum ist es notwendig, zu diesem Zwecke zum Stillstand des Lebens gelangen zu müssen!«

Komkoff erhob sich von neuem und begann wieder im Zimmer auf- und abzugehen, aber langsamer. Er trat bis hinter den Stuhl, auf dem seine Frau saß, ergriff die Lehne desselben und blieb stehen.

»Ich denke,« sagte er mit träumerischer Miene »ich denke, daß das Ziel unseres Lebens der vernünftige Kultus -- nicht des Todes, sondern des Lebens ist, der Kultus der unaufhörlichen Vervollkommnung des Lebens und des Glückes der Menschen auf der Erde. Man vervollkommnet sich nur, indem man sich bewegt und indem man bei der Bewegung den unerschütterlichen Gesetzen der Bewegung folgt, die uns von der Natur gegeben worden sind. Wir werden die Brüderlichkeit und die Gleichheit der Menschen auf der Erde erreichen, wir werden vielleicht noch höhere Grade der sozialen Vervollkommnung der Menschheit erreichen. Doch die Gesetze der Natur werden unverrückbar dieselben bleiben. Die ganze Frage besteht darin, sie nicht unnatürlich zu gestalten, sie regelrecht zu begreifen und ihr durch den göttlichen Verstand, der uns angeboren ist, die Weihe zu geben.«

Komkoff sprach noch lange Zeit weiter. Es war schon spät, als Kriukoff sich endlich entschloß, aufzustehen und von seinen Gästen Abschied zu nehmen.

»Ich habe dir also heute einen Vortrag gehalten,« sagte Komkoff, indem er seinen Kameraden bis zur Außenthür begleitete, um sie hinter ihm zu schließen. »Jetzt habe ich nur noch denselben Rat für alle.«

»Du bist dadurch nur noch glücklicher,« sagte Kriukoff, wahrend er auf die kleine Freitreppe des Häuschens hinaustrat.

»Nicht mehr und vielleicht auch nicht weniger glücklich als die andern,« sagte Komkoff; »doch ich fühle mich glücklich, weil mein Gewissen ruhig ist, und ich weiß nicht, ob das alle empfinden. Ich bin glücklich, weil ich, wie du siehst, das Problem, das mich quälte, gelöst habe. Mag nun der Kummer, das Unglück kommen; das ist mir gleich, das ist Sache des Schicksals; dagegen werde ich alles ertragen und ein vollkommenes Dasein führen, anstatt nur zur Hälfte zu existieren.«

VII.

Kriukoff mußte auf dem Wege nach seinem Hause lange über das alles nachdenken, was er während dieses Abends, den er in so unerwarteter Weise verbracht, gehört hatte. Doch seltsam! obwohl Komkoff ihm so warm geraten hatte, sich zu verheiraten und sich selbst als lebendiges Beispiel seines verheirateten jungen Mannes voll Gesundheit und Thätigkeit präsentiert hatte, so waren seine schneidigen Reden doch eine zu schwache Hilfe für Kriukoff, um ihn über seine eigene Lage aufzuklären; im Gegenteil, sie brachten seine Ideen noch mehr in Verwirrung. Kriukoff konnte seinem Kameraden nicht beistimmen.

Das alles war in Worten sehr schön, doch es war von der Wirklichkeit und einer praktischen Lösung so weit entfernt, wenigstens für ihn, daß es besser war, gar nicht an das Unmögliche zu denken.

»Komkoff kann leicht so sprechen; jetzt, da er verheiratet ist, da er umsonst wohnt, da seine Mutter und vielleicht auch die Verwandten seiner Frau ihm zu Hilfe kommen. Es ist ihm leicht, so zu sprechen, da seine Frau wahrscheinlich nicht an den Luxus gewöhnt ist und sich mit dem begnügt, was sie hat. Doch könnte er, Kriukoff, Sonitschka in eine solche Baracke einführen? Und würde er überhaupt noch eine solche haben?«

»Es ist schade, daß ich nicht die ganze Geschichte von Komkoffs Ehe kenne,« sagte Kriukoff zu sich selber. »Obwohl er sagt, man müsse sich selber helfen, steht es doch fest, daß ihm jemand zu Hilfe gekommen ist, wenn nicht seine Familie, so doch wenigstens die seiner Frau. Übrigens wer weiß -- er ist so kräftig, vielleicht hat er sich selbst aus der Affaire gezogen. Doch wie könnte er, Wanja Kriukoff, sich mit einer Prinzessin Baretzki verheiraten?«

Und diese letzte Phrase kam ihm unaufhörlich in den Sinn: »Er. Wanja Kriukoff!«

»Was nun? Fünf, zehn Jahre warten? Kann man seinen Körper und sein Herz so lange rein intakt erhalten? Kann man für sich selbst stehen, den Versuchungen widerstehen, die uns umgeben und während dieser ganzen Zeit das Feuer ersticken, das nicht aufhört, in uns weiter zu brennen?«

»Nein, nein,« wiederholte sich Kriukoff stets, »es ist mir nicht erlaubt, an Sonitschka zu denken; ich muß sie sehr schnell, sehr schnell vergessen; das ist das einzige, was mir zu thun übrig bleibt. Und warum habe ich mich von einer solchen Zuneigung fortreißen lassen, warum habe ich so viel an sie gedacht und von ihr geträumt, wenn mir nichts weiter übrig bleibt, als ein Gegenstand des Gelächters für mich und die andern zu werden?«

Und plötzlich erinnerte er sich an die Worte Komkoffs über die Liebe.

»Die Liebe existiert nicht, sie ist nur ein geschlechtliches Bedürfnis zur Zeit der körperlichen Reife.« -- »Wäre denn das so einfach? Sollten seine Gefühle für Sonitschka nur eine Qual sein, nur das Bedürfnis, die geschlechtliche Seite seines Wesens zu befriedigen? Sollten sich alle seine poetischen Träume in so plumper, so materieller Weise erklären?«

»Das kann nicht sein, nein, das kann nicht sein.« sagte sich Kriukoff.

Wie? Und was er gestern empfand, als er mit ihr tanzte, und was er heute empfand, als er sie nach dem Bahnhof begleitete, das war keine Liebe, keine brennende und aufrichtige, wahrhafte Liebe? Gewiß ja, gewiß war das Liebe. Und jetzt? Jetzt, da sie fort ist, kann er, obwohl er nicht aufhört, an sie zu denken und sich ihrer zu erinnern, sie schon nicht mehr so leidenschaftlich lieben? Warum nun an sie denken, da das ja doch zu nichts anderem führen wird, als zu Qualen? Ich muß sie sehr schnell vollständig, ganz und gar aus meinem Gedächtnis verjagen!«

Und je mehr sich Kriukoff seiner Wohnung näherte, desto trauriger und verwickelter erschien ihm seine Situation. Er war sich unbestreitbar über eines klar und zwar mit dumpfem Schmerze, daß er sich krank, elend und einsam, unsäglich einsam auf der Welt fühlte, und daß er Sonitschka vergessen mußte, gleichviel, ob er sie lieb hatte oder nicht.

Als er an seinem Hause angelangt war, blieb er auf der Schwelle der Wohnung stehen und drückte auf den elektrischen Knopf der Klingel, damit ihm die Thür geöffnet werde.

»Morgen muß ich noch zehn Tage Linguistik lesen und die Hälfte der römischen Geschichte repetieren,« dachte er unruhig.

Die junge Matruscha ließ ihre schleppenden Schritte auf den letzten Stufen der Steintreppe ertönen. Der lange Eisenriegel knirschte und Matruscha trat zur Seite, um Kriukoff in das niedrige und kalte Vorzimmer eintreten zu lassen. Sie trug jetzt eine kleine weiße Nachtjacke, die aufgeknüpft war und deren Ränder sich nicht über ihrer starken Brust schlossen. Ihr leuchtendes Gesicht glänzte wie stets und ihre roten Lippen lächelten.

Kriukoff kletterte die Treppe herauf, warf seinen Mantel auf einen Stuhl und wandte sich schnell durch den dunklen Korridor seinem Zimmer zu. Er setzte sich und öffnete das erste Buch, das ihm in die Hand fiel. Es war Tacitus. Er hatte auch eine ganze Reihe von Kapiteln für das Examen zu präparieren. Doch warum? wozu? Tacitus hatte die ganze letzte Zeit über Kriukoff gequält und gereizt.

Obwohl er in der philologischen Facultät die Sektion der lebenden Sprachen anstatt der klassischen Sektion gewählt hatte, so hatte er doch trotzdem zu dem verdammten Latein zurückkehren müssen. Und nicht zufrieden, die Autoren zu übersetzen, hatte er lateinische Arbeiten machen müssen, dieselben Extemporalia, von denen er gehofft hatte, nach seinem Examen auf immer befreit zu sein.

Jetzt hatte er keine Lust mehr, zu schlafen. Nachdem er in der frischen Luft spazieren gegangen war und sie mit vollen Lungen eingeatmet hatte, fühlte er, daß er in seinem kleinen Zimmer erstickte. Er erhob sich und öffnete das Fenster; die frische mit den Düften des Frühlings geschwängerte Nachtluft schlug ihm ins Gesicht. Er atmete aus voller Brust und setzte sich an seinen kleinen Tisch, nachdem er sein Buch auf das Fenstersims geworfen hatte.

XIII.

Ein tiefes Schweigen herrschte in der Wohnung; man hörte nur das regelmäßige Tik-tak der Uhr im Korridor.

Das Geräusch eines Fiakers, der im Schritt näher kam, drang in Kriukoffs Zimmer hinauf. Ein Zug ließ in der Ferne sein dumpfes Grollen hören, und Kriukoff überkam ein bitteres Gefühl der Einsamkeit und Langeweile. Das Rütteln der Räder, das immer näher und näher kam, diese Lust, das ferne Zischen der Lokomotive, dieses Schweigen, das ihn umgab, alles verursachte ihm eine unbegreifliche Verwirrung.

Was war ihm nur passiert? Warum fühlte er sich so traurig, so elend?

Plötzlich ließen sich die schleppenden Schritte Matruschas in dem Korridor hinter der Thür hören, und sie trat ungeniert in das Zimmer, indem sie die Thür hinter sich schloß.

»Ich habe vergessen, Ihnen Wasser zu bringen,« sagte sie einfach. Damit ging sie ganz nahe an Kriukoffs Stuhl heran, so daß, sie ihm mit ihrer Nachtjacke die Schulter streifte und er eine Sekunde lang die Wärme ihres Körpers fühlen konnte. Sie stellte die Wasserkaraffe auf den Nachttisch und sagte:

»Sie frieren! Haben sie das Fenster geöffnet?«

»Ja, man erstickte hier.«

Matruscha fing an, das Bett zu machen und die Decke aufzulegen, obwohl das gar nicht nötig war. Dann drückte sie und schlug auf das Kopfkissen.

»Ich habe Ihnen reine Wäsche hingelegt.«

»Es ist gut, danke!«

Kriukoff saß, ohne sich zu rühren und betrachtete die düstere Scheibe des Fensters, auf welche die Lampenflamme, die auf dem Tische brannte, ihre Strahlen warf.

Und plötzlich fühlte er, daß seit dem Augenblick, da Matruscha eingetreten war, indem sie die Thür hinter sich schloß, seit der Minute, da er ihr heftig in die Augen gesehen und darin gelesen hatte, was sie leidenschaftlich mit ihrem ganzen Wesen wünschte, eine unbegreifliche Verwirrung sich seiner bemächtigt hatte, die alle seine Wünsche, Träume und Gedanken umwälzten, die bis dahin seine Seele erfüllt hatten.

Warum war sie zu ihm gekommen? Wie konnte er denn gestatten, daß dieses schreckliche, verbotene Gefühl in ihm aufgestiegen war? Was vollzog sich denn in ihm? War er so tief gesunken, war er wirklich an dem Moment angelangt, von dem Komkoff ihm erzählte, daß man nicht mehr gegen seine fleischlichen Instinkte ankämpfen, die sexuellen Forderungen nicht mehr zum Schweigen bringen konnte?

Und Sonitschka? und seine Liebe zu ihr? Bei diesen innerlich gesprochenen Worten fühlte Kriukoff, wie das Entsetzen sein Herz beschlich. Die Fläche seiner Hände bedeckte sich mit einem kalten Schweiß und seine Knie fingen an zu zittern, als wenn man auf sie schlug. Er war wirklich erschrocken. Wie konnte er nur feig genug, gemein genug sein, um zu gestatten, daß auch nur der Schatten eines so verbrecherischen Wunsches sich in ihm erheben konnte? Wie konnte es diese diabolische Versuchung nur wagen, ihn zu stören?

Durch das Fenster drang noch immer ein Frühlingswind untermischt von einem starken Ölfarbengeruch herein, der Kriukoff ganz eigentümlich aufregte.

Matruschka hörte nicht auf, die Kissen hin- und herzurücken und von rechts nach links zu wenden, während sie ihm den Rücken drehte.

Sie war verheiratet. Doch ihr Mann, der trunksüchtig und plump war, hatte sie seit drei Jahren verlassen, indem er ihr ein kleines Mädchen von einem Jahre auf dem Halse ließ. Die Kriukoffs, die den letzten Herbst auf dem Lande in der Umgegend von Moskau verbracht hatten, hatten Matruscha zu sich genommen und sie gut behandelt. Sie hatte sich sichtlich in ihrem Hause erholt und war schöner geworden. Schon seit langer Zeit, schon am ersten Tage, da sie in ihren Dienst getreten war, hatte Kriukoff, wenn sie ohne Schuhe den Fußboden wusch, bemerkt, daß sie einen rosigen und wohlgebauten Fuß hatte. Doch er hatte sich nicht gestattet, sie darauf aufmerksam zu machen.

»Ich habe Ihnen überall reine Wäsche hingelegt,« wiederholte sie noch einmal mit seltsamer, keuchender Stimme, »es war zum Fest nichts da!«

Kriukoff wandte die Augen nach ihr um und traf wieder einmal auf ihren feuchten, unreinen, keck-herausfordernden Blick. Nun fühlte er, wie ihm das Herz in unwiderstehlicher Erregung schlug. Er fing an, seine Ruhe und Kaltblütigkeit zu verlieren und erhob sich plötzlich. Ohne sich über das, was er that, klar zu werden, verließ er hastig das Zimmer, ohne sich umzudrehen. Seine Seele fühlte sich unter dem Blutandrang beklommen. Er lief eiligst den Korridor entlang, wandte sich nach rechts, um in das Eßzimmer zu treten und schloß hermetisch die beiden Flügel der Thür hinter sich.

Es war fast dunkel in dem Eßzimmer; nur eine Gasflamme, deren Schatten auf der benachbarten Wand des Fensters und auf dem schwarzen Holz des Pianos hin- und herhuschte, spendete schwaches Licht.

Kriukoff stürzte auf das Piano zu und setzte sich auf den davorstehenden Schemel. Er atmete schwer und seine Augen sprühten düstere Flammen.

»Welche Schmach und welche Schande!« rief er verzweifelt. »Aber was thun? -- Es kann ein Augenblick der Schwäche kommen, und es ist aus, alles wird aus sein, ich werde ebenso werden wie Buchanoff! Habe ich sie gerufen? Habe ich den geringsten Schritt gethan, um mich ihr zu nähern? Habe ich sie auch nur ein einziges Mal angesehen? Nein; und sie kommt selbst, und es fehlte wenig, so hätte sie sich mir selber angeboten. Mein Gott, wenn Sonitschka das alles wüßte? Die reine und reizende Sonitschka! Doch ich werde es ihr sicher erzählen; sie soll wenigstens erfahren, welchen Gefahren, welchen Verfolgungen wir beständig unterworfen sind.«

Ein Schwarm von Gefühlen und Gedanken, die plötzlich einen ungewöhnlichen Charakter von Kraft und Bedeutung angenommen hatten, wirbelte in Kriukoffs Seele. Niemals hatte er in seinem Leben so klar, so entschieden gedacht und gefühlt.

Die ganze Unterhaltung mit Komkoff kam ihm bis in die geringsten Einzelheiten wieder in den Sinn. Und erst jetzt erkannte er die wahre Bedeutung dessen, was sein Kamerad ihm gesagt hatte.

»Ja, ja,« sagte sich Kriukoff mit tiefer Überzeugung, während er, ohne sich zu rühren, die weitaufgerissenen Augen starr auf das Fenster, von dem das Licht kam, richtete, -- »wenn die Zeit der fleischlichen Reife kommt, muß man die sexuelle Frage in der einen oder andern Weise lösen. Ich will mich nicht der Qual oder der Langeweile überlassen, ich will nicht der Ausschweifung oder den geistigen Erregungen anheimfallen, ich will nicht den Spleen bekommen oder krank werden; infolgedessen muß ich mich verheiraten. Das ist das einzige rationelle Mittel, die geschlechtliche Frage zu lösen: »die aufrichtige, gewissenhafte Ehe zu zweien!«

»Besser wäre es, die Universität zu verlassen, Sekretär, Beamter zu werden,« fuhr er mit Wärme und Entschlossenheit fort, »besser ist es, Hunger zu haben, aus dem Hause gejagt zu werden, ohne einen Pfennig auf der Straße zu bleiben, als in so schmerzlicher Ungewißheit, in beständiger Einsamkeit, in Verwirrung und Kummer zu leben und schließlich in den Schmutz zu versinken!

Und wenn sie arm sein sollte? was dann?« fuhr Kriukoff mit größerer Kraft fort, von dem Strom seiner Gedanken fortgerissen. -- »Was ist denn so schlimmes dabei, diese langweilige Universität, diesen verfluchten Tacitus, diese Linguistik und diese ganze, so durchaus unnütze Wissenschaft zu verlassen? Er wird dadurch nur freier, seine Seele nur leichter werden. Wozu braucht er ein Diplom, wenn er das höchste Glück, das erhabenste Diplom erlangen wird, an das er kaum zu denken wagt -- Sonitschka?«

»Ja, es bleibt ihm nur eins zu thun übrig, wie Komkoff sagte; nämlich mit allen und allem zu brechen, gegen die Gebräuche anzukämpfen und zunächst das für ihn wichtigste, die Ehe, zu erreichen. Um das durchzusetzen, muß er alles übrige opfern. Aber wird Sonitschka ihn heiraten? Wie soll er seine Mutter, seine Familie überzeugen, wie soll er alle Hindernisse überwinden?«

Doch Kriukoff fühlte jetzt so viel Kraft und Energie in sich, daß ihm nichts erschrecklich oder unmöglich erschien.

Er war sich klar darüber, daß er, was auch kommen mochte, seine Pläne zur Ausführung bringen mußte, und für die Furcht und den Zweifel war kein Raum mehr in seiner Seele. Er war des Erfolges sicher, ohne zu wissen, warum.

Sonitschka liebt ihn, er weiß es, und sie wird alles thun, was er will. Die Sache hängt, also nur von ihm selbst ab. Man wird im Notfalle ein Jahr, zwei Jahr und sogar noch länger warten können, vorausgesetzt, daß alles aufgeklärt und entschieden ist. Dann wird ihn nichts mehr erschrecken können.

Und diese letzten Gedanken erweckten plötzlich in Kriukoffs Seele eine milde, heftige Freude.

»Ja, das mußte er thun; darüber mußte er sich entscheiden! Wie hatte er denn das nicht früher begriffen? Was fürchtete er denn? Worauf wartete er denn? Nicht umsonst war Komkoff so aufgeregt, als er über diese Frage sprach. Wie konnte man aber auch nicht erregt werden, wo es sich doch um eine Frage handelte, von der die ganze Existenz abhängt? Aber jetzt wird auch er ruhig sein, da er zu dem, was er thun muß, fest entschlossen ist.

Und wie gut wird er mit Sonitschka leben! Wie werden sie arbeiten, wie werden sie sich lieben, wie glücklich werden sie sein!«

Kriukoff warf einen Blick auf das Chopinsche Notenheft, das noch vor ihm auf dem Klavier stand und auf der Seite aufgeschlagen war, wo er es zuletzt gespielt; er empfand plötzlich einen lebhaften Wunsch, noch einmal das Präludium zu spielen, sein leidenschaftlich wildes Präludium, *presto con fuoco*, das er am Abende nach dem kurzen Dialog mit seinem Vater gespielt hatte.

Er glaubte die ersten, mächtigen, nervösen und energischen Akkorde zu hören, die noch jetzt mit Kraft und Entschlossenheit in seinen Ohren wiederhallten.

»Doch wenn meine Eltern mich in ihrem Schlafzimmer hörten -- wenn ich sie aufweckte?« dachte Kriukoff plötzlich.

»Und was ist denn dabei so schlimm,« antwortete er sich selbst mit der stolzen Stimme, die er an sich kannte, »was ist dabei so schlimm, wenn du diese Egoisten aufweckst! Haben sie dich nicht auch gequält, dich am Schlafen, am Arbeiten, an der Vorbereitung zu deinen Prüfungen gehindert, wenn die Stimme der Sängerin Krinentoff im Salon wiederhallte oder wenn Bauer bis um 3 Uhr Morgens Geige spielte? Haben sie einmal daran gedacht, daß du studiertest, daß du ermüdet warst, daß das, was sie thaten, dir unangenehm sein konnte? Spiele ruhig dein Präludium, fürchte nichts, du hast das volle Recht dazu!« --

Die mächtigen, leidenschaftlichen Töne des Präludiums Chopins drangen in das Eßzimmer, störten das Schweigen der Nacht und erfüllten es ganz und gar mit ihren Klängen.

»Morgen werde ich ihm schreiben,« wiederholte Kriukoff nach dem Präludium, »morgen werde ich ihm alles erzählen, und dann wird es mit ihren Qualen vorüber sein. Ich werde im Sommer zu ihnen gehen, obwohl die Prinzessin, ihre Mutter, mich nicht persönlich eingeladen hat. Ich werde die Universität aufgeben, ich werde meine Mutter, meinen Vater und das Haus verlassen; und ich werde mich verheiraten, ich werde mich, was auch kommen mag, mit Sonitschka verheiraten, und alle Welt soll meinen Entschluß kennen lernen!«

Er spielte das Präludium, wie er es nie in seinem Leben gespielt hatte, und fühlte, wie Ameisen ihm durch den ganzen Kopf, von der Haarwurzel bis zu dem Rückgrat herunterliefen.

Über tredition

Eigenes Buch veröffentlichen

tredition wurde 2006 in Hamburg gegründet und hat seither mehrere tausend Buchtitel veröffentlicht. Autoren veröffentlichen in wenigen leichten Schritten gedruckte Bücher, e-Books und audio-Books. tredition hat das Ziel, die beste und fairste Veröffentlichungsmöglichkeit für Autoren zu bieten.

tredition wurde mit der Erkenntnis gegründet, dass nur etwa jedes 200. bei Verlagen eingereichte Manuskript veröffentlicht wird. Dabei hat jedes Buch seinen Markt, also seine Leser. tredition sorgt dafür, dass für jedes Buch die Leserschaft auch erreicht wird.

Im einzigartigen Literatur-Netzwerk von tredition bieten zahlreiche Literatur-Partner (das sind Lektoren, Übersetzer, Hörbuchsprecher und Illustratoren) ihre Dienstleistung an, um Manuskripte zu verbessern oder die Vielfalt zu erhöhen. Autoren vereinbaren direkt mit den Literatur-Partnern die Konditionen ihrer Zusammenarbeit und partizipieren gemeinsam am Erfolg des Buches.

Das gesamte Verlagsprogramm von tredition ist bei allen stationären Buchhandlungen und Online-Buchhändlern wie z. B. Amazon erhältlich. e-Books stehen bei den führenden Online-Portalen (z. B. iBookstore von Apple oder Kindle von Amazon) zum Verkauf.

Einfach leicht ein Buch veröffentlichen: **www.tredition.de**

Eigene Buchreihe oder eigenen Verlag gründen

Seit 2009 bietet tredition sein Verlagskonzept auch als sogenanntes "White-Label" an. Das bedeutet, dass andere Unternehmen, Institutionen und Personen risikofrei und unkompliziert selbst zum Herausgeber von Büchern und Buchreihen unter eigener Marke werden können. tredition übernimmt dabei das komplette Herstellungs- und Distributionsrisiko.

Zahlreiche Zeitschriften-, Zeitungs- und Buchverlage, Universitäten, Forschungseinrichtungen u.v.m. nutzen diese Dienstleistung von tredition, um unter eigener Marke ohne Risiko Bücher zu verlegen.

Alle Informationen im Internet: **www.tredition.de/fuer-verlage**

tredition wurde mit mehreren Innovationspreisen ausgezeichnet, u. a. mit dem Webfuture Award und dem Innovationspreis der Buch Digitale.

tredition ist Mitglied im Börsenverein des Deutschen Buchhandels.

Dieses Werk elektronisch lesen

Dieses Werk ist Teil der Gutenberg-DE Edition DVD. Diese enthält das komplette Archiv des Projekt Gutenberg-DE. Die DVD ist im Internet erhältlich auf **http://gutenbergshop.abc.de**

Zeitfracht Medien GmbH
Ferdinand-Jühlke-Straße 7
99095 Erfurt, Deutschland
produktsicherheit@kolibri360.de